SOBRE O TEMPO E
A ETERNAIDADE

RUBEM ALVES

SOBRE O TEMPO E
A ETERNAIDADE

PAPIRUS EDITORA

Capa	Fernando Cornacchia
Foto de capa	Rennato Testa
Copidesque	Nilza Siqueira de Azevedo
Revisão	Lúcia Helena Lahoz Morelli e Maria Rita Barbosa Frezzarin

---

Dados Internacionais de Catalogação na Publicação (CIP)
(Câmara Brasileira do Livro, SP, Brasil)

Alves, Rubem
    Sobre o tempo e a eternaidade/Rubem Alves. – 16ª ed. –
Campinas, SP: Papirus, 2012.

ISBN 978-85-308-0387-2

1. Crônicas brasileiras I. Título.

12-09628	CDD-869.93

Índices para catálogo sistemático:

1. Crônicas: Literatura brasileira   869.93

As crônicas que compõem esta obra fora publicadas no jornal *Correio Popular*. Algumas delas encontram-se também em outras obras do autor.

16ª Edição – 2012
12ª Reimpressão – 2025
Tiragem: 150 exs.

Exceto no caso de citações, a grafia deste livro está atualizada segundo o Acordo Ortográfico da Língua Portuguesa adotado no Brasil a partir de 2009.

Proibida a reprodução total ou parcial da obra de acordo com a lei 9.610/98. Editora afiliada à Associação Brasileira dos Direitos Reprográficos (ABDR).

DIREITOS RESERVADOS PARA A LÍNGUA PORTUGUESA:
© M.R. Cornacchia Editora Ltda. – Papirus Editora
R. Barata Ribeiro, 79, sala 316 – CEP 13023-030 – Vila Itapura
Fone: (19) 3790-1300 – Campinas – São Paulo – Brasil
E-mail: editora@papirus.com.br – www.papirus.com.br

SUMÁRIO

O TEMPO

I. INFÂNCIA

Com olho de peixe	11
O batizado	15

II. ADOLESCÊNCIA

Presente para a mãe de um adolescente	21
Sobre as aves e os adolescentes	25
Os revolucionários estão chegando	29
A turma	33
Aos (possíveis) sabiás	37

III. MATURIDADE

A hora do *soufflé*	43
Sobre a sexualidade masculina (I)	47
Sobre a sexualidade masculina (II)	51
Para um filho	55

IV. VELHICE

Velhice	61
Os olhos de Miguilim	65
A árvore inútil	69

A ETERNIDADE

V. SABEDORIA

O jardim secreto	77
A doença	81
Saúde mental	85
O rato roeu o queijo do rei...	89
Presente	93
Não viajei	97
É conversando que a gente se desentende	101
Cantiga triste	105

VI. AMOR

Aos namorados, com carinho...	111
A ternura	115
Violinos não envelhecem	119
Os mapas	123
Abelardo e Heloísa	127

VII. ETERNIDADE

A felicidade dos pais	133
O ovo	137
Os cadáveres	141
Quero uma fita amarela...	145
Para o Tom	149
O acorde final	153
Odisseia	157
O rio	161

O TEMPO

I
INFÂNCIA

COM OLHO DE PEIXE

Acredito no rio Amazonas desde que eu era menino. Meu pai foi quem primeiro me falou dele. Disse que sua largura era tamanha que o lado de lá não se via. Eu, acostumado a pescar lambaris em ribeirões e riachinhos, ouvia ele dizer que o rio maior que tinha visto, o Grande, perto do Amazonas não passava de um mijinho de menino. No Grupo decorei e recitei feito poesia os nomes dos afluentes dele: Juruá, Tefé, Purus, Madeira, Tapajós, Xingu. Aprendi também sobre a pororoca, briga que o rio perde sempre, porque o mar é maior do que ele. Assim é a vida: o mar tem sempre a última palavra... Mas o que me fascinava mais, mesmo, era a notícia de uma planta de folha tão grande que nela se podia deitar uma criança. Tudo era assombroso.

Acreditei sem nunca ter visto, só de ouvir dizer. Acreditei tanto que cheguei mesmo a viajar para lá para ver o rio. Quem vai é porque acreditou. E vi com estes olhos, e quando o quero rever releio o poema do Heládio Brito:

Eu vim de ver o rio
o frouxo ir das águas,

pesadas delas mesmas,
grossas das lonjuras vindas
no irem sendo rio.
Líquido boi cansado
carregado de peixes,
trabalha o rio
para os homens da margem,
que ao suado lombo lhe fustigam
com seus anzóis e redes...

Cheguei mesmo a navegar nas suas águas, se atravessar de balsa é navegar. Não, não é não. Quem navega com a cabeça fora d'água nada sabe. É preciso mergulhar, penetrar fundo nas águas. Mas, para isso, seria preciso que fôssemos como os peixes. O Guimarães Rosa amava tanto os rios que desejava, numa outra encarnação, nascer crocodilo. Nós, humanos, só conhecemos os rios na superfície. Os crocodilos os conhecem nas funduras. Nas funduras os rios são escuros e tranquilos como os sofrimentos dos homens. Essa eu não sabia, que os sofrimentos são escuros e tranquilos...

Aí ele diz uma coisa inusitada: que o rio é palavra mágica para conjugar eternidade. Eu havia aprendido o contrário, que rio é palavra para conjugar tempo. Pelo menos foi assim que ouvi de Heráclito, o filósofo: "tudo flui, nada permanece, tudo é rio...".

Mas lendo as Escrituras Sagradas percebi que certo estava o João: "a eternidade mora no fundo das águas, no fundo do tempo". Quando Deus quis fazer artes mágicas com Jonas, jogou-o no mar, onde um peixe o aguardava de boca aberta, e por três dias ficou na fundura das águas, como feto na barriga da mãe, até que se transformasse em profeta. O que não é muito diferente das metamorfoses que fazem um poeta – portento confirmado pela Cecília Meireles e pelo T.S. Eliot que afirmam que, para fazer poesia, é preciso ter olhos de peixe. Não é por acaso, portanto, que o ritual mágico para transformação do velho em criança, a que se dá o nome de "batismo", siga a metáfora do afogamento e do nascimento: o adulto é mergulhado, de corpo inteiro, nas águas de um rio: o velho que mergulha morre; a criatura que sai das águas é menino.

Não é por acaso, portanto, que o peixe seja, a um tempo, símbolo poético e símbolo profético: é que ele nada nas funduras do tempo, onde a eternidade gera os seus milagres.

Na superfície do rio é o tempo que flui, sem parar. Assim estava escrito nos carrilhões antigos, aqueles relojões enormes de pêndulo sem pressa: *tempus fugit* – o tempo passa, a vida vai se perdendo nas águas do nunca mais. Resta então a saudade sem remédio, caso tenha havido amor e alegria. A festança ao fim do tempo só se justifica se amor não houve, nem alegria. A perda da coisa amada não pode ser festejada. Só pode ser lamentada.

Mas pensando no que dizem os poetas e profetas, eu me descubro transformando o choro em riso: os que semeiam com lágrimas com alegria ceifarão, pois Deus é o rio mostrando as suas entranhas. No fundo, na eternidade, as águas correm ao contrário, disso sabem os peixes, que nadam contra a correnteza – a alma também; na superfície a gente nasce nenezinho, *tempus fugit* e a gente fica adulto, *tempus fugit* e a gente fica velho, *tempus fugit* e a gente morre. Nas funduras, onde mora a eternidade, é ao contrário. Primeiro é a velhice. Aí *tempus fugit*, a gente vira menino.

Deus começa sempre pelo fim. Nas Escrituras Sagradas o dia começa com a tarde e termina com a manhã. Está escrito no poema da Criação: "E foi a tarde e a manhã do primeiro dia...". O sol se põe, mais um dia se inicia. O fim é o lugar do começo.

Ao recitar as estações do ano a gente, automaticamente, diz: primavera, verão, outono, inverno. Mas lendo D. Miguel de Unamuno percebi que isso não está certo. O tempo é uma roda. Se nas Escrituras o dia começa com a tarde, no ano as estações podem muito bem se iniciar com o inverno. Inverno, primavera, verão, outono... O inverno é a infância do ano. No seu silêncio profundo a primavera está em gestação... No silêncio do fim moram os começos. No silêncio da velhice mora a infância...

Tem gente que acredita em Deus com firmeza, do jeito mesmo como eu acreditava no rio Amazonas, por ouvir dizer – chegando a discorrer com autoridade, invocando teologia e dogma, feito o meu pai, que ensinava sem nunca ter ido ou visto. Não mergulha, por medo de se afogar. Agora eu acredito em Deus como crocodilo ou peixe, para me des-afogar... Eu preciso dele para o tempo andar ao contrário. E é assim que eu o imagino, como um pescador que vai lançando nas águas do tempo as redes da eternidade, para pescar tudo aquilo que foi amado e que se perdeu. Para nos devolver. É o "eterno retorno". É a "ressurreição dos mortos". É a primavera nascendo do inverno. É a criança nascendo do velho.

Isso eu desejo do ano novo, criança nascida do velho; que eu seja mais criança do que fui.

O BATIZADO

Sérgio, meu filho, me fez um pedido estranho. Pediu-me que preparasse um ritual para o batismo da Mariana, minha neta. Eu lhe disse que, para se fazer tal ritual, é preciso acreditar. Eu não acredito. Já faz muitos anos que as palavras dos sacerdotes e pastores se esvaziaram para mim, muito embora eu continue fascinado pela beleza dos símbolos cristãos, desde que sejam contemplados em silêncio.

Ele não desistiu e argumentou: "Mas você fez o meu casamento...". De fato. Lembro-me de como ele "encomendou" o ritual: "Pai, não fale as palavras da religião! Fale só as palavras da poesia!". E assim foi. Foram textos do *Cântico dos cânticos*, poema erótico da Bíblia, que deixa ruborizadas as faces dos beatos e beatas: "Teus dois seios são como dois filhos gêmeos de gazela! Teus lábios gotejam doçura, como um favo de mel, e debaixo da tua língua se encontram néctar e leite...". Divirto-me pensando na cara que fariam papa e bispos se lessem esses textos... Seguiram-se textos do Drummond, do Vinicius, da Adélia – tudo terminando não com a chatíssima *Marcha Nupcial*, mas com a *Valsinha*, do Chico, ocasião em que os convidados, moços e velhos, pegaram os seus pares e trataram de dançar. Foi bonito. Quando a coisa é bonita a gente acredita fácil.

Lembrei-me, então, de um trecho do livro *Negras raízes* – onde se descreve o ritual de "dar nome" ao recém-nascido, numa tribo africana.

Omoro, o pai, moveu-se para o lado de sua esposa, diante das pessoas da aldeia reunidas. Levantou então a criança e, enquanto todos olhavam, segredou três vezes nos ouvidos do seu filho o nome que ele havia escolhido para ele. Era a primeira vez que aquele nome estava sendo pronunciado como nome daquele nenezinho. Todos sabiam que cada ser humano deve ser o primeiro a saber quem ele é. Tocaram os tambores. Omoro segredou o mesmo nome no ouvido de sua esposa, que sorriu de prazer. A seguir foi a vez da aldeia inteira: "O nome do primeiro filho de Omoro e Binta Kinte é Kunta!". Ao final do ritual, após desenvolvidas todas as suas partes, Omoro, sozinho, carregou seu filho até os limites da aldeia e ali levantou o nenezinho para os céus e disse suavemente: "*Fend kiling dorong leh warrata ke iteh tee*": "Eis aí, a única coisa que é maior que você mesmo!".

Essa memória me convenceu e tratei de inventar um ritual de "dar nome", já que nenhum eu conhecia que me agradasse.

Organizei o espaço do *living*. Empurrei a mesa central, baixa, na direção da lareira. À cabeceira coloquei um banquinho velhíssimo – ali a Mariana se assentaria. Ao lado, duas cadeiras, uma para o pai, outra para a mãe. Na ponta da mesa, uma grande vela. E a vela da Mariana, vela que a acompanhará por toda a sua vida, e que deverá ser acesa em todos os seus aniversários. Ao lado da sua vela, duas velas longas, coloridas. E, espalhadas pela sala, velas de todos os tipos e cores. Na ponta da mesa, ao lado da vela da Mariana, um prato de madeira com um cacho de uvas.

Reunidos todos os convidados, começou o ritual. Foi isso que eu disse: "Mariana: aqui estamos para contar para você a estória do seu nome. Tudo começou numa grande escuridão". As luzes se apagaram enquanto, no escuro, se ouvia o som da flauta de Jean Pierre Rampal.

"Assim era a barriga da sua mãe, lugar escuro, tranquilo e silencioso. Ali você viveu por nove meses. Passado esse tempo você se cansou e disse: 'Quero ver luz!' Sua mãe ouviu o seu pedido e fez o que você queria. Ela 'deu à luz'. Você nasceu."

A mãe e o pai da Mariana acenderam então a vela grande, que brilhou sozinha no meio da sala.

"Veja só o que aconteceu! Sua luz encheu a sala de alegria. Todos os rostos estão sorrindo para você. E, por causa desta alegria, cada um deles vai, também, acender a sua vela."

Aí o padrinho e a madrinha acenderam as velas longas coloridas, e os outros todos acenderam, cada um, uma das velas espalhadas pela sala.

À chegada dos convidados eu havia dado a cada um deles um cartãozinho, onde deveriam escrever o desejo mais profundo para a Mariana. Continuei:

"Você trouxe tanta alegria que cada um de nós escreveu, num cartãozinho, um bom desejo para você. Assim, pegue esta cestinha. Vá de um em um recolhendo os bons desejos que eles escreveram. Esses cartõezinhos, você os vai guardar por toda a sua vida...".

E lá foi a Mariana com a cestinha, seus grandes olhos azuis, de um em um, sendo abençoada por todos.

"Todos deram para você uma coisa boa", eu disse depois de terminado o recolhimento dos cartões. "Agora é a hora de você dar a todos uma coisa boa. Você é redondinha e doce como uma uva. Essa é a razão para este cacho de uvas. E é isso que você vai fazer. Seus padrinhos vão fazer uma cadeirinha e você, assentada na cadeirinha, vai dar a cada um deles um pedaço de você, uma uva doce e redonda..."

E assim, vagarosamente, a Mariana celebrou, sem saber, esta insólita eucaristia: "Esta uva doce e redonda é o meu corpo...".

Terminada a eucaristia, eu disse a Mariana:

"Agora, chegando ao fim, cada um de nós vai dizer o seu nome. Preste bem atenção. O nome é um só. Mas cada um vai dizê-lo com uma música diferente. Porque são muitas e diferentes as formas como você é amada".

E assim, iluminados pela luz das velas, cada um dos presentes, olhando bem dentro dos olhos da menina, ia dizendo: "Mariana", "Mariana", "Mariana", "Mariana"...

Aqueles que olhavam os olhos da Mariana puderam ver que, à medida que ela ouvia o seu nome sendo repetido, eles iam se enchendo de lágrimas...

II
ADOLESCÊNCIA

PRESENTE PARA A MÃE
DE UM ADOLESCENTE

Querida Mãe: Se eu tivesse poder para homenageá-la na televisão, eu faria coisa muito simples: apenas uma imagem silenciosa, talvez a *Pietà*, de Michelangelo, ou a *Mãe amamentando o filho*, de Picasso, ou a tela de Vermeer, *Mulher de azul lendo uma carta*. Só a imagem com a palavra "maternidade". Você se sentiria mais bonita, descobrindo-se bela na fantasia dos artistas.

Mas nada disso se fez. Você deve estar cansada de ver as ofensas que a televisão lhe faz, que nos seus anúncios a descreve como uma pessoa vulgar e oca. "Temos tudo para fazer sua mãe feliz", diz o anúncio idiota de uma cadeia de lojas. Uma mulher cuja felicidade é igual a um eletrodoméstico! Que felicidade barata: é comprada com um liquidificador, um forno de micro-ondas, um secador de cabelo. Um outro anúncio diz assim: "Não esqueça o dia 14 de maio. Porque mãe cobra".

Foi pensando nisso que resolvi dar às mães dos adolescentes o maior de todos os presentes possíveis no dia de hoje. Eu sei o quanto sofrem as mães e os pais dos adolescentes. Frequentemente eles me procuram com um pedido: "Por favor, ajude-nos a resolver o problema do nosso filho!".

Pois é esse o meu presente: quero declarar, baseado em longa experiência, que vocês não têm problema algum. Esqueçam-se dele, porque ele não existe. É tudo imaginação. Durmam bem!

Acham que estou brincando? Nunca falei tão sério. O que é um problema? Você está fazendo tricô. De repente a linha se enrola, dá um nó. Você não pode tricotar com a linha embaraçada. Problema é isso: alguma coisa que perturba ou impede um curso de ação. Mas não é só isso. O que caracteriza um problema é a possibilidade de solução. Você sabe que, com astúcia e paciência, você pode desfazer o nó. Se não tem solução não é problema.

É noite. Você se prepara para fazer tricô. Aí você descobre que o cachorro mastigou e partiu uma de suas agulhas. Agora você só tem uma agulha. Não há jeito de fazer tricô com uma agulha só. Sua ação foi interrompida, mas você não tem um problema porque, por mais que você pense, não há formas de fazer tricô com uma mão só. Então você põe a linha de lado e vai fazer outra coisa.

Assim é a adolescência: ela não é problema pela simples razão de que, por mais que você pense, não há solução.

Vou, então, dizer a você os dois conselhos definitivos para lidar com seu filho ou filha adolescente.

Primeiro: não faça nada. Não tente fazer nada. Tudo o que você fizer estará sempre errado. Não se meta. Não diga nada. Não dê conselhos.

Isso pode parecer totalmente irresponsável. O amor dos pais diz que eles devem tentar, no limite das suas forças, ajudar os seus filhos. De acordo. Só que há situações em que, se você tentar ajudar, você atrapalha. Jay W. Forrester, professor de administração do Massachusetts Institute of Technology, enunciou uma lei para as organizações que diz o seguinte: "Em situações complicadas, esforços para melhorar as coisas frequentemente tendem a piorá-las, algumas vezes a piorá-las muito, e em certas ocasiões a torná-las calamitosas". Imagino que o professor descobriu essa lei ao lidar com o seu filho adolescente. Pois é exatamente isso que acontece.

Muitos séculos atrás o taoismo chegou à mesma conclusão. Está lá dito no seu livro sagrado, o *Tao Te Ching*: "O tolo faz coisas sem parar, e tudo permanece por fazer. O sábio nada faz para que tudo o que deve ser feito se faça". Para o taoismo, a suprema expressão da sabedoria é refrear-se da tentação de fazer. Não faça. Só olhe de longe. A vida tem sua própria sabedoria. Quem tenta ajudar uma borboleta a sair do casulo a mata. Quem tenta ajudar o broto a sair da semente o destrói. Há certas coisas que têm de acontecer de dentro para fora.

Mesmo porque, se é que você ainda não se deu conta disso, o adolescente não está interessado em fazer a coisa certa; ele está interessado em fazer a coisa *dele*. Ora, se você lhe disser o que é razoável, esse razoável passará a ser coisa do pai ou da mãe. Fazer a coisa certa, então, será confessar uma condição de dependência e inferioridade, o que é impensável e insuportável para um adolescente. Ele se sentirá, então, obrigado a fazer o contrário.

Lembro-me de uma mãe de uma adolescente de 13 anos que se lamentava: "As alternativas eram claras. De um lado uma opção boa, racional, razoável. Do outro, uma idiotice completa. Expliquei tudo direitinho para ela. Sabe o que ela fez? Escolheu a idiotice. Por quê?". E eu lhe respondi: "Porque a senhora lhe disse o que era razoável. Se a senhora nada tivesse dito, haveria a possibilidade de que ela escolhesse uma das duas alternativas. No momento em que a senhora disse que a sua opção seria a primeira, ela foi obrigada a optar pela segunda".

Segundo: fique por perto, para juntar os cacos. Os cacos, quando não são fatais, podem ter um efeito educacional. Na verdade, de nada vale ficar ansioso, ficar acordado, ficar agitado. Esses estados em nada vão alterar o rumo das coisas. O adolescente é uma entidade que escapuliu do seu controle.

A ilusão de que há algo que pode ser feito deixa-nos ansiosos por não saber que algo é esse. No momento em que você percebe que nada há a se fazer, a tranquilidade volta. Aí você fica livre para fazer as suas coisas. Não permita que a loucura do seu filho adolescente tome conta de você. Vá ao cinema. Vá passear com o seu marido. Mostre aos adolescentes que eles não têm o poder de estragar a sua vida. Não perca, inutilmente, uma noite de sono. Lembre-se de que os adolescentes, nas festas da Pachá, nem sequer se lembram de que você existe. Durma bem. Feliz Dia das Mães.

SOBRE AS AVES E OS ADOLESCENTES

Se a Esfinge tivesse sido um pouco mais esperta e versada em mistérios que só seriam revelados séculos depois, em vez de propor a Édipo o enigma bobo que propôs, teria simplesmente perguntado: "O que é, o que é: mais misterioso que a Santíssima Trindade e mais doloroso que a cruz de Cristo?". Claro que Édipo não conseguiria resolver enigma tão terrível, a Esfinge ato contínuo o devoraria, o que nos teria poupado do complexo de Édipo e suas sequelas psicanalíticas. Fosse o pai ou a mãe de um adolescente, a resposta sairia de um pulo: "é o meu filho, é o meu filho...".

Entretanto, mesmo sabendo que não é possível decifrar enigma tão obscuro, por pura compaixão dos pais desesperados, aceito o doloroso dever de revelar o que aprendi sobre o assunto.

Em primeiro lugar, é preciso não confundir as coisas, e saber que há dois tipos de adolescência.

O primeiro deles é uma doença benigna, parecida com sarampo: a "adolescência etária". Trata-se de um período da vida que vai, *grosso modo*, dos 13 aos 19 anos. Esse tipo de adolescência existiu sempre, todos passamos por ela, é um fenômeno individual, normalmente se cura por si mesmo, e raramente deixa sequelas. Caracteriza-se por transformações físicas e psicológicas. A voz se altera, aparecem os pelos nos devidos lugares, desenvolvem-se os órgãos sexuais, e os piões e as bonecas são trocados por brinquedos mais interessantes.

Em segundo lugar há uma outra adolescência, que mais se parece com a varíola pela gravidade dos sintomas: é a "adolescência otária", a única que me interessa. Trata-se de um fenômeno cultural moderno, de natureza essencialmente coletiva e caracterizado por uma perturbação nas faculdades do pensamento, perda do contato com a realidade, alucinações psicóticas, que não raro assumem a forma de zombaria social, como é o caso das pichações de muros e monumentos, até os rachas em alta velocidade que, frequentemente, terminam em velórios.

A psicologia behaviorista, iniciada por Pavlov e desenvolvida por Skinner, deu uma inestimável contribuição ao estudo do comportamento humano, mostrando que é possível entender o homem pelo estudo dos animais. Cães, cobaias e ratos foram e são amplamente usados para tal fim. Ao que me consta, entretanto, nenhum animal foi encontrado que se prestasse ao estudo da adolescência, o que explica a pobreza dos nossos conhecimentos nesta área.

Por muitos anos tive escrúpulos de tornar pública minha descoberta revolucionária. Lembrava-me de Darwin, que foi cruelmente perseguido e ridicularizado por haver revelado nosso parentesco com os símios. Temi sofrer retaliações se revelasse que o enigma dos adolescentes pode ser decifrado se estudarmos o comportamento social e psicológico das maritacas...

Sim, as maritacas... Mesmo sob exame superficial, as semelhanças saltam aos olhos.

Para começar, andam sempre em bandos, maritacas e adolescentes. Uma maritaca solitária e um adolescente solitário são aberrações da natureza. Daí o horror que os adolescentes têm da casa: na casa eles estão separados do bando. Havendo cortado o cordão umbilical que os ligava aos pais, eles o substituíram por um outro cordão umbilical, o fio do telefone, pelo qual eles se mantêm permanentemente ligados uns aos outros. Eles não conseguem ficar sozinhos, porque sentem muito frio.

Depois, são todas iguais, as maritacas. E também os adolescentes. Você já viu uma adolescente se vestir diferente das outras para a festa?

Os tênis têm de ser da mesma marca. Os *jeans*, da mesma grife. A Pachá é um templo onde os adolescentes celebram suas igualdades.

Sabiás não padecem de crise de identidade. São aves solitárias e por isso cantam bonito de fazer chorar. Quando eles cantam todo mundo se cala e escuta. As maritacas são o oposto. Gritam todas ao mesmo tempo. Deus o livre (não me livrou) de assentar-se próximo a uma mesa de adolescentes, no Pizza Hut... Dizem sempre a mesma coisa, dizem sempre igual, dizem sem parar. Mas eles nem ligam. Porque ninguém escuta mesmo.

E, finalmente, maritacas e adolescentes não se importam com a direção em que estão indo. Importam-se, sim, com o "agito" enquanto vão.

Mas não terminou. Em ocasião futura farei revelações ainda mais espantosas. Espero que você tenha percebido que a essência do que estou dizendo se resume nisto: em situações quando chorar é inútil, só nos resta dar risada. Isso, é claro, até que haja cacos a serem catados...

OS REVOLUCIONÁRIOS ESTÃO CHEGANDO

Alguns psicólogos que se dizem especialistas em adolescência aconselham, como remédio para as perturbações características desta fase, muito diálogo, muito amor, muita compreensão. Os pais devem criar condições para que os filhos conversem com eles sobre os seus problemas e devem se esforçar por compreendê-los. Pelo amor e pelo diálogo, eles garantem, pais e adolescentes continuarão amigos e a família voltará a ser feliz como sempre tinha sido quando eles eram meninos.

Discordo. Em primeiro lugar, nada me convence de que os adolescentes estejam tanto assim atrás do amor dos pais. Atrás de amor, é verdade. Mas, dos pais? Duvidoso. Em segundo lugar, não existe coisa que os adolescentes menos queiram que ser compreendidos pelos velhos. Em brigas entre marido e mulher há um momento em que um dos dois diz, como argumento final: "Te compreendo muito bem..." – afirmação que se faz sempre com umas reticências e um sorriso de escárnio. Isso quer dizer: "Pare de mentir. Tenho você aqui, dentro da minha cabeça, transparente. Já lhe fiz a tomografia da alma... Tudo o que você disser será inútil. Te compreendo. Teu mistério, eu já o resolvi". Quem compreende domina.

E vocês acreditam mesmo que os adolescentes queiram ser compreendidos pelos seus pais, essas enormes bolas de ferro que eles têm de arrastar, acorrentadas às suas pernas, de quem ainda desgraçadamente dependem para dinheiro e automóvel, que os vigiam com um olho que parece o olho de Deus, e que lhes pedem explicações sobre onde andaram e sobre o que fizeram, seres de quem escapam somente à custa de muita mentira e trapaça? Que caça deseja ser compreendida pelo caçador? Se o caçador a compreender, ele saberá onde colocar a armadilha.

O caçador há de compreender a caça por conta própria, sem depender da boa vontade da caça para dialogar. E a compreensão começa quando se percebe que os adolescentes são iguais às crianças na cabeça; só são diferentes no tamanho do corpo. E é isso que faz toda a diferença.

É fácil entender as crianças: basta ler as deliciosas tirinhas cômicas sobre o Calvin, que aparecem diariamente no Caderno C do *Correio Popular*, esse prestigioso jornal – todo jornal tem de ser prestigioso quando a gente se refere a ele, do mesmo jeito como o papa é santidade, o presidente é excelência e o reitor é magnificência.

A cabeça da criança é dominada pela fantasia, pelo maravilhoso: o Calvin é astronauta, a mãe dele é trator, a bicicleta adquire ideias próprias e passa a persegui-lo, ele é um incrível escultor moderno que faz esculturas caríssimas de neve, $6 + 5 = 6$, por razões absolutamente lógicas, e a estúpida professora marca errado na prova. Na cabeça da criança tudo é possível. "Compra, pai! Compra!" "Mas eu não tenho dinheiro!", o pai responde, mentindo. Sabe que o filho não entenderia suas razões. Mas o menino contra-ataca: "Paga com cheque". Antigamente as fadas usavam varinhas de condão. Agora elas usam talões de cheques.

As crianças pensam que os adultos são onipotentes. Quando estou num elevador lotado e vejo alguma criança pequena no chão, espremida no meio dos adultos, fico a imaginar o que é que ela vê, ao olhar para cima: enormes torres. Acho que foi de situações semelhantes que surgiram as fantasias dos gigantes que comiam crianças. Para as crianças, os adultos são gigantes de força descomunal, que tudo podem.

Se ele, Calvin, tivesse poder, se ele fosse grande e tivesse um talão de cheques, o mundo seria totalmente diferente, só brinquedo e aventura. Infelizmente o seu pai e a sua mãe, classe dominante, detentores do monopólio dos meios de produção, o reduziram à miserável condição de escravo, e assim o obrigam a comer o que ele não quer comer, a fazer deveres idiotas da escola, sem sentido – alienação maior poderá existir? –, a ir para a cama quando ainda há muitas coisas divertidas a serem feitas. Os adultos são os culpados pela sua infelicidade. Mas o dia chegará em que se ouvirá o grito revolucionário: "Crianças de todo o mundo! Univos!". As crianças tomarão o poder; os adultos dominadores não serão fuzilados, como bem merecem, porque as crianças sabem perdoar. Mas serão internados em instituições apropriadas para ser reeducados. Será a sociedade sem classes, a volta do Paraíso. Quando este momento chegar, Calvin será um extraordinário líder revolucionário...

E então, repentinamente, o momento chega, anunciado gloriosamente pelos pelos que começam a surgir em lugares dantes lisos. Ah! Os pelos! Finalmente... Quanta inveja e quanta fantasia provocavam na cabeça das meninas e dos meninos, ao contemplar aqueles símbolos da condição adulta!

A importância psicológica dos pelos ainda não foi suficientemente analisada. Minhas investigações clínicas sobre o assunto levaram-me a uma curiosa descoberta: são eles os responsáveis por uma síndrome característica da adolescência, ainda não descrita nos compêndios científicos. Eu a batizei com o nome de "síndrome de Sansão".

Como se sabe da mitologia bíblica, Sansão era um herói de força descomunal: ele derrotou, sozinho, um exército inteiro, exército armado com espadas e lanças, tendo como arma apenas uma queixada de burro. Perto de Sansão, o Rambo é um anêmico. Pois a força de Sansão se encontrava precisamente nos cabelos. Foi só a Dalila cortar a cabeleira do herói para que sua força murchasse como bexiga furada.

A "síndrome de Sansão" é uma perturbação mental que leva os adolescentes a identificar o crescimento dos seus pelos com o crescimento da força. E esta ilusão é confirmada, na cabeça deles, pelo desenvolvimento e crescimento dos órgãos adjacentes aos pelos, novinhos em folha, que entram em funcionamento tão logo se belisque a partida, mesmo sob as condições mais adversas, como madrugadas de inverno. O que contrasta com os Galaxies paternos que, em condições semelhantes, exigem uma bateria nova, e só funcionam depois de muitas tentativas, sendo o seu funcionamento entremeado por tosses, afogamentos, apagamentos repentinos, para o embaraço de todos.

Sim, as crianças não são mais crianças. Além do crescimento dos pelos, há o crescimento do corpo. Agora, nos elevadores, as crianças que olhavam para cima viraram adolescentes enormes que olham para baixo. Estão maiores que os pais. Não só maiores: melhores. Modelo último tipo. O modelo dos pais já era. "O velho..." Já fora de linha. Galaxies, trambolhos velhos, batidos, soltando fumaça pelo escapamento. Sair com eles é vergonhoso.

O glorioso momento: a tomada do poder, a revolução. Chegou a adolescência... Para se entender os adolescentes é preciso entender a sociologia e a psicologia dos revolucionários.

Classe subalterna não anda em companhia de classe dominante. Não frequenta os mesmos lugares. Não fala a mesma língua. Não quer diálogo. Operário não conversa com patrão. Operário exige os seus direitos. Se não é atendido, faz greve. Adolescente não quer papo com pai e mãe. Não vai mais ao sítio. Não passa *réveillon* em casa. Não escuta a mesma música. Se é proibido, tem de ser transgredido. Com ele se inicia uma nova ordem. É um militante. A adolescência é um partido revolucionário anarquista. Se a situação política fosse outra, o lugar do seu filho seriam os comícios e, possivelmente, a guerrilha. Mas hoje, do jeito como estão as coisas, ele não passa da Pachá...

A TURMA

Uma pitada de loucura aumenta o prazer da vida. Veja o caso do cinema. Você vai lá, assenta-se e fica vendo um jogo de luzes coloridas projetado numa tela. Você sabe que aquilo tudo é de mentira. E, não obstante, você treme de medo, tem taquicardia, pressão arterial alta, sua de medo, ri, chora... É um surto de loucura. Você está tomando imagens como se fossem realidade. Mas, se você não se entregasse por duas horas a essa loucura, o cinema seria tão emocionante quanto ler uma lista telefônica. Passadas as duas horas as luzes se acendem, você sai da loucura e caminha solidamente de volta para a realidade.

A diferença entre a sua loucura e a loucura do louco é que o louco não consegue sair do cinema. A sessão não termina. As luzes não se acendem. Ele não desconfia de que aquilo que está passando na sua cabeça seja só um filme. Pensa que é real.

Quem não está louco é quem desconfia dos seus pensamentos. Sabe que a cabeça é enganosa: sessão de cinema. Nada garante que os pensamentos, aquilo que aparece projetado na tela da consciência, sejam verdade. A razão é desconfiada. Quando uma pessoa diz: "Eu tenho certeza!" – ela está confessando: "Eu não desconfio dos meus pensamentos!". Consequentemente, está em surto psicótico.

A adolescência é a idade da certeza. Os adolescentes não desconfiam de suas ideias e opiniões. Acreditam piamente naquilo que seus pensamentos lhes dizem. Daí, a conclusão lógica de que todos os que têm ideias diferentes das suas só podem estar errados. Explica-se, assim, a sua dificuldade em lidar com opiniões discordantes. "Sei muito bem o que estou fazendo": essa é a resposta padrão que eles usam para se descartar de uma advertência sobre um curso problemático de ação.

A certeza sobre o pensamento se faz sempre acompanhar por um sentimento de onipotência. Os deuses tudo sabem e são invulneráveis. Assim, eles não têm medo de fazer as coisas mais perigosas – rachas, roletas-russas, cavalos de pau – pois nada pode lhes acontecer. Acidentes graves só acontecem com os outros. "Posso fumar maconha e cheirar cocaína sem medo. Sei o que estou fazendo. Eu nunca vou ficar viciado. Somente os fracos ficam viciados. Mas eu sou forte."

Por isso, os programas que buscam alertar os adolescentes sobre os perigos das drogas estão fadados ao fracasso. Eles são elaborados sobre o pressuposto de que, se os adolescentes conhecessem os perigos, eles fugiriam deles. Mas isso é o mesmo que tentar dissuadir o alpinista do seu sonho de escalar o Himalaia por causa dos perigos das montanhas, ou tentar convencer o Amyr Klink a cancelar sua viagem ao polo sul por causa dos perigos dos mares. Alpinistas e navegadores empreendem suas aventuras exatamente para desafiar o perigo. É o perigo que dá a emoção.

Assim é o adolescente. Ele quer o risco. Mas, diferentemente do alpinista e do navegador, ele acha que nada pode lhe acontecer. Ele não entra pelo caminho das drogas por ignorar o perigo. Ele entra no caminho das drogas para desafiar o perigo. Evidentemente, na certeza de que nada lhe acontecerá. Essa ilusão psicótica tem um agravante: o reforço da "turma".

A sociologia deu o nome de "outros relevantes" às pessoas que eu levo em consideração ao agir. Esses outros são a "plateia" diante da qual eu represento o meu número de teatro, e cujo aplauso eu busco e cuja vaia eu temo. Os pais são os "outros significativos" mais importantes das crianças. Elas estão, a todo momento, buscando a aprovação do seu olhar. A adolescência é o momento quando os pais são substituídos pela "turma".

A "turma" é tirânica. Ela impõe e exige. O adolescente tem de obedecer. Eram 22h30. A mãe foi ao quarto da filha de 13 anos para o beijo carinhoso de boa-noite no rosto da menina inocente adormecida. O que ela encontrou sobre a cama vazia foi um bilhete: "Não posso decepcionar meus amigos. Fui para a Pachá".

A "turma" cria um delicioso sentimento de fraternidade. Todos se confirmam. Todos fazem as mesmas coisas juntos. Todos são "conspiradores". Mas, ao fazer isso, ela retira dos indivíduos isolados o senso de identidade. Sem a "turma" o adolescente é um rosto sem espelho. Na "turma", indivíduos respeitáveis e tímidos isoladamente transformam-se em feras imorais. São as "turmas" que lincham. Individualmente todos somos seres morais. Na "turma" a responsabilidade pessoal desaparece. A "turma" é a lei. Ela impõe. A "turma" decide sobre roupas, tênis, boates, música, fumo, cheiro, transa. Ai daquele que não obedece.

Em relação à sociedade adulta o adolescente é um revolucionário. Ele está pronto a transgredir tudo para criar uma nova ordem. Em relação à "turma" ele é um carneirinho conservador, sem ideias próprias, submisso à autoridade do grupo. A adolescência é um perpétuo jogo de "boca de forno".

Turma: "Boca de forno!"
Adolescentes: "Forno!"
Turma: "Furtaram um bolo!"
Adolescentes: "Bolo!"
Turma: "Fareis tudo o que vosso mestre mandar?"
Adolescentes: "Faremos todos, faremos todos, faremos todos..."

Lembrem-se de que eu disse em outra crônica que há dois tipos de adolescentes: os etários e os otários. Tudo o que tenho dito só se aplica ao segundo grupo.

Não há nada que possa ser feito. Felizmente chegaram, de espaços siderais, anjos de todos os tipos. Sugiro que os pais encomendem anjos especializados na guarda de adolescentes para tomar conta dos seus filhos. E que, para seu benefício próprio, invoquem os anjos protetores do sono e dos sonhos. Se não há nada a ser feito, pelo menos que o sono seja tranquilo e que os sonhos sejam suaves.

AOS (POSSÍVEIS) SABIÁS

Alguém que não conheço, após ver as bolhas de sabão que soprei a propósito dos adolescentes, concluiu que eu devo ter alguma coisa contra eles: "O Rubem não gosta dos adolescentes".

Há uma pitada de verdade nisso. E os pais concordariam comigo: se eles ficam sem dormir por causa dos seus filhos é porque há algo neles de que eles não gostam. Se gostassem, dormiriam bem e não procurariam terapeutas em busca de auxílio. A vida é mais complexa do que gostar ou não gostar: *that is not the question*. A questão é gostar e não gostar, ao mesmo tempo. É isso que faz sofrer.

Imaginei que esta pessoa, se visse Michelangelo furiosamente atacando o mármore a martelo e cinzel, perguntaria também: "Afinal, que tem Michelangelo contra o mármore?".

Sim, ele tem muito contra o mármore. Porque dentro dele está guardada a *Pietà*. É preciso não ter dó do mármore para que a *Pietà* saia do seu túmulo. O amor, por *Pietà*, não tem *pietà*... Onde estaria a *Pietà* se Michelangelo tivesse sido complacente com o mármore?

Educação é arte. E não existe nada mais contrário à arte que deixar a matéria-prima do jeito como está. Só fazem isto aqueles que não sonham. Mas, desgraçadamente, os sentimentos de culpa paternos e maternos transformam-se em complacência, e seus martelos e cinzéis transformam-se em gelatina. A pedra continua pedra. É preciso que se saiba que o amor é duro.

Veio-me à memória um parágrafo de Nietzsche:

> Minha vontade ardente de criar me empurra continuamente na direção do homem. É assim que o martelo é também empurrado na direção da pedra. Oh, homens! Na pedra dorme uma imagem, a imagem das minhas imagens. Sim, ela dorme dentro da pedra mais feia e mais dura... Agora o meu martelo furiosamente luta contra a sua prisão. Pedaços de rocha chovem da pedra...

Ridendo dicere severum: rindo, dizer as coisas sérias. O riso é o meu martelo e o meu cinzel. Não sei se vocês notaram que, em tudo que escrevi sobre os adolescentes, alguém ficou de fora. Ficaram de dentro os pais e suas aflições: foi para eles que escrevi. Ficaram de dentro os adolescentes e suas turmas: escrevi na esperança de que os pais lhes mostrassem o meu espelho, e eles ali também se vissem como maritacas e como portadores da síndrome de Sansão. Desejei que eles, assim se vendo através dos meus olhos, vissem como eles são engraçados e divertidos: não é possível contemplar a sua loucura sem uma boa risada. E que isso os fizesse rir de si mesmos. No momento em que rimos de nós mesmos o feitiço se quebra.

Quem ficou de fora? O adolescente solitário: aquele que não tem turma, cujo telefone fica em silêncio, que sábado à noite fica em casa ouvindo música no seu quarto...

Quando saio a andar de manhã cedo passam por mim bandos de adolescentes indo para a escola. Já consigo identificar os grupos, que vão alegremente maritacando suas coisas, na leve felicidade de pertencer a uma turma. Falam sobre beijos, transas, festas.

Esses não me comovem. Comovem-me aqueles que estão sempre sozinhos. São diferentes. Na roupa, no corpo, no jeito, no olhar fixado no chão. Não têm estórias nem de beijos nem de festas para contar. Comovo-me com eles porque eu também já fui assim. Fui um solitário na minha adolescência. Menino de cidade pequena no interior de Minas, minha família mudou-se para o Rio de Janeiro. E o meu pai cometeu um grande erro, movido pelo desejo sincero de me dar o melhor: matriculou-me num dos colégios da elite carioca, o famoso Colégio Andrews.

Albert Camus diz que ele sempre havia sido feliz até que entrou no Liceu – no Liceu ele começou a fazer comparações. Eu poderia ter escrito a mesma coisa. Ali, eu me descobri motivo do riso dos outros. Eu falava devagar e cantado, dizia "uai" e falava os "erres" de carne e mar como falam os caipiras, torcendo a língua. Também os meus jeitos de vestir eram jeitos caipiras. E o dinheiro que levava comigo era dinheiro de pobre. E os clubes que eles frequentavam não eram o meu – eu não frequentava clube algum. Claro que jamais fui convidado para as festinhas e, se tivesse sido convidado, não teria ido. E também jamais convidei um colega para ir à minha casa. Tinha medo que minha casa fosse pobre demais.

E é isso que eu gostaria de dizer hoje aos adolescentes solitários, sem turma, sem festas, sem estórias de beijos e amores para contar, as noites de sábado em casa, o telefone em silêncio: vocês são meus companheiros. Eu andei pelos caminhos em que vocês andam.

Mas sou agradecido à vida por ter sido assim. Porque foi em meio ao sofrimento dessa terrível solidão que tratei de produzir minhas pérolas. "Ostra feliz não faz pérola." Comecei então a andar sozinho pelos caminhos onde os outros adolescentes não iam: a música, a mística, a arte, a literatura, a poesia, a filosofia. Todos eles mundos solitários, onde só se entra sozinho. Andando por esses caminhos descobri aqueles que se pareciam comigo. Zaratustra, por exemplo, que se via como uma árvore crescendo à beira do precipício, seus longos galhos se estendendo sobre o abismo. Eu quis ser assim também.

E foi então que comecei a olhar para as maritacas com um certo sentimento de superioridade. Claro que os psicanalistas, ávidos de interpretações, se apressarão em me informar que aquilo não passou de uma compensação pelo meu sentimento de inferioridade. Que assim seja, sinistros kleinianos! O fato é que, compensação ou não, a partir daí as alegrias que tive nas produções da minha solidão foram maiores que as tristezas da minha condição de adolescente solitário. A solidão passou a ser, para mim, uma fonte de alegria. Eu não precisava gritar como maritaca para ser ouvido.

As maritacas gritam, e todos as ouvem, mesmo sem querer. Mas o canto do sabiá solitário, ao final da tarde, em algum lugar da floresta, faz todo mundo se calar para poder ouvir... Isso eu lhes digo, solitários: há muita beleza escondida na sua tristeza. Não tenham dó de si mesmos. Tratem de usar o martelo e o cinzel...

III
MATURIDADE

A HORA DO *SOUFFLÉ*

Hoje o nosso assunto é culinária. Escolhi, como tópico gastronômico, o *soufflé*.

Soufflés podem ser feitos praticamente de tudo. Há *soufflés* de aspargos, de queijo, de chuchu, de camarão, de banana, de chocolate, de salmão, de morango, de presunto, de cenoura etc. Esta variedade de *soufflés* deve-se ao fato de que o que caracteriza o *soufflé* não é a coisa de que ele é feito, mas uma substância etérea, pneumática, que entra na composição de todos eles.

Estranhei, portanto, que tal substância, alma dos *soufflés*, não apareça sequer mencionada em qualquer dos livros de receita em português e inglês que consultei. Fui ao famoso *The New York Times cook book* para ver o que ele diz sobre a alma dos *soufflés*. Leio a receita do "*Soufflé* de queijo". Estão lá listados os ingredientes necessários: manteiga, farinha, leite, sal, molho inglês, pimenta-da-jamaica, queijo ralado, ovos. E só. Mas a alma do *soufflé*, sem a qual ele não pode ser feito, não é mencionada. O livro de Dona Benta não se sai melhor. Veja a receita do "*Soufflé* de bacalhau": bacalhau, batatas, leite, ovos, queijo parmesão, manteiga, passas sem caroço e azeitonas. De novo o silêncio sobre a alma do *soufflé* é total.

O nome *soufflé*, se é que vocês não sabem, vem do francês. *Soufflé* quer dizer "sopro". A alma do *soufflé* é o ar: daí as suas qualidades pneumáticas, espirituais, pois sopro, vento e espírito, etimologicamente, são a mesma coisa. Não fosse essa mania esnobe de achar que o nome francês é mais elegante, se o *soufflé* tivesse sido inventado lá em Minas, é certo que o seu nome seria "assoprado": "Assoprado de chuchu", "Assoprado de camarão", "Assoprado de aspargos" etc. O que não é de causar espanto pois, segundo o testemunho do *Fogão de lenha*, que registra 300 anos de cozinha mineira, existiu outrora um doce chamado "Assoprinhos de moça", que se fazia com claras batidas, três libras de açúcar, uma onça de água de flor, um pouco de carmim em pó. Se houve os "Assoprinhos de moça" é natural que possa haver os "assoprados" da dona da casa.

Se você não está convencido, lembro-lhe que um elemento essencial na produção do *soufflé* são as claras dos ovos, batidas até ficarem bem duras. Mas qual é a função das claras? É óbvia e simples: as claras são redes de pegar ar. O movimento circular-rotatório do garfo batendo as claras é igual ao movimento do pescador que joga a tarrafa para pegar o peixe. Só que, aqui, o que se quer pegar é o ar, e tanto é assim que ao final, quando as claras estão batidas, elas, que no início tinham a consistência de goma-arábica, transformam-se em espuma: milhares de pequenas bolhas transparentes, cada uma delas com um tantinho de ar preso lá dentro.

Dessa qualidade espiritual e pneumática do *soufflé* vem sua característica essencial: o *soufflé* é fffofffo. Não é possível falar fffofffo sem soprar. O próprio dicionário Webster define o *soufflé* como *a fluffy baked dish* – "prato assado fffofffinho", sendo que o *fluffy*, no inglês, preserva o mesmo poder onomatopaico do fffofffo em português: quem fala fffofffo sopra.

Essa característica pneumática do *soufflé*, que é a sua glória, infelizmente é também a sua fraqueza. Porque tudo o que é cheio de ar, como bolas e bexigas, fica murcho e vazio tão logo apareça um minúsculo furinho. É o que acontece com o pobre *soufflé*. Tem de ser comido logo que sai do forno, porque sua ereção é precária. Se ele se esfriar ou tomar um sopro de vento frio, ele sofre uma convulsão: a princípio, um ligeiro tremor, seguido de movimentos verticais e horizontais – escala Richter grau 6,5 –, há um grito de socorro, e a corada superfície mergulha repentinamente para o fundo da fôrma.

Lembro-me de que isso aconteceu uma vez na minha casa. Eu era menino. Haveria visitas para o jantar. A Astolfina, nossa cozinheira, preparou um maravilhoso *soufflé*. Mas ele tomou um jato de vento frio e murchou. A Astolfina ficou desesperada. Resolveu valer-se de recursos heroicos. Foi no quintal e cortou um canudinho de mamão, que cuidadosamente enfiou no *soufflé*, do jeito mesmo como se enfia o bico da bomba na bola, e pôs-se a soprar cuidadosamente. O *soufflé* pareceu ressuscitar: foi enchendo de novo, ficando bonito como tinha sido. Mas foi só tirar o canudinho para que ele voltasse a ser o que era. Não há jeito de consertar *soufflé* afundado.

Pois uma paciente, meditando um dia sobre o destino das mulheres, disse: "É como o *soufflé*. Os médicos dizem que é climatério, menopausa. Eu digo que é 'a hora do *soufflé*'... Até ali as carnes se haviam comportado com relativa elegância: os poderes do ar lhes davam leveza e faziam-nas levitar. Mas, repentinamente, as forças telúricas ficam mais fortes, e 'tudo o que no ar flutuava começa a pesar'. E cai. Nem é preciso dizer o nome das partes que caem nem descrever o seu estado flácido e murcho".

Tive que me curvar diante da poderosa metáfora. Mas pensei comigo mesmo: "E os homens: não existe uma 'hora do *soufflé*' para eles também?".

A hora do *soufflé* é a hora do pânico generalizado, igual ao da Astolfina, cada qual tentando levantar o que caiu com um canudinho de mamão. Dietas, cremes de algas marinhas, sabonetes de tartaruga, tinturas de cabelo, limpezas de pele, academias de ginástica, cirurgias plásticas, cintas, acupuntura, próteses...

Tudo inútil. Não há maneiras de reencher *soufflé* que afundou. O canudinho fracassa sempre. O jeito é dar risada quando ele arria. E é bom que se saiba que *soufflé* arriado, mesmo não sendo tão bonito quanto o outro, se servido com temperos de humor e risada, é muito gostoso de comer...

SOBRE A SEXUALIDADE MASCULINA (I)

Está ficando uma rotina embaraçosa: aceito falar sobre um assunto para, logo que me assento para pôr as ideias no papel, descobrir que nada sei sobre ele. Já aconteceu uma vez, e agora aconteceu de novo. Aceitei falar sobre a sexualidade masculina. Mas quando me pus a pensar cheguei à insólita conclusão de que sexualidade masculina nem mesmo existe. Assim, fui obrigado a falar sobre o que não existe. O que não deixou de ser um fascinante desafio, semelhante ao dos teólogos que, igualmente, falam sobre objetos inexistentes.

Comecei longe das coisas da cama, falando sobre as coisas da mesa. Mesa e cama, na aparência tão diferentes, têm uma coisa em comum: são lugares onde se come. O verbo "comer" se usa indiferentemente para indicar os prazeres da boca e os prazeres do sexo. A Tita, do filme *Como água para chocolate*, imagino que inspirada pelos Textos Sagrados, desenvolveu um jeito de fazer amor através da culinária. Pois são os Evangelhos que dizem que comer é ato sacramental: quem come a comida come o corpo de quem a dá: "Tomai, comei, isso é o meu corpo". E foi assim que tentei entrar nos mistérios da sexualidade pelos mistérios da comida.

Fui a um livro de medicina, procurando as luzes da ciência universal do comer. Lá encontrei a descrição do aparelho e das funções digestivas. Um corte transversal do corpo humano mostrava a boca, o esôfago, o estômago, os intestinos, o ânus. Nisto todos os seres humanos são iguais: a comida entra por uma extremidade e sai pela outra. Vale para os pigmeus hotentotes, os esquimós, a Bruna Lombardi, o papa, a rainha da Inglaterra. Sobre o aparelho e as funções digestivas existe, de fato, uma ciência universal.

Procurei informações sobre comidas – pois seria de se esperar que onde se fala de digestão se falasse também do que se come. Inutilmente. Tive de ir a uma livraria. E ali me deleitei com livros modernos maravilhosos de culinária: a chinesa, a japonesa, a italiana, a francesa, a árabe, a grega, a russa, a espanhola, a mineira, a baiana: todas diferentes; são infinitas as maneiras de comer, são infinitas as maneiras de gozar pela boca; os mais variados tipos de temperos, os mais variados tipos de ingredientes, os cheiros, as cores, as maneiras, as etiquetas, num lugar é suma educação dar ruidosos arrotos e comer de boca aberta fazendo barulho, em outros isso é coisa proibida; come-se à mesa, come-se no chão, com garfo, colher e faca, com pauzinhos, com a mão. Não tem jeito certo. Tudo depende do lugar. Por isso não pode haver ciência universal sobre o ato de comer. O que existe é arte, que se varia.

Voltei ao livro de medicina e procurei informações sobre os órgãos do sexo e, do mesmo jeito como os órgãos da digestão, lá encontrei de novo as figuras – tudo igual para todo mundo: os hotentotes, os esquimós, a Bruna Lombardi, o papa, a rainha da Inglaterra. Tudo funciona de jeito igual. Sobre o aparelho e as funções reprodutivas se faz uma ciência universal.

Procurei informações sobre os jeitos de comer na cama – pois seria de se esperar que onde se fala sobre os órgãos do sexo se falasse também sobre a sexualidade. Inutilmente. Aí foi a literatura, a experiência e a imaginação que vieram em meu socorro. E elas me disseram que comer na mesa e comer na cama são coisas iguais. Não existe ciência sobre isso. Não existe UMA sexualidade feminina, como não existe UMA sexualidade masculina: com uma clarineta se toca desde um adágio triste até um chorinho... Tudo depende do gosto e da habilidade do tocador. Como são infinitas as maneiras de tocar a clarineta, são infinitas as formas de comer na cama.

E me veio à cabeça, sem que eu tivesse de fazer qualquer pesquisa científica para tanto (os cientistas precisam sempre de pesquisas para concluir: eles pensam vagarosamente...), que aquilo a que se dá o nome de sexualidade masculina é um enorme leque de variações: o menu da cama, o *Kama Sutra*, é variadíssimo, incluindo comidas e jeitos de comer para todos os gostos – os mais variados ingredientes, as mais variadas posições, os mais variados instrumentos, os mais variados temperos. Tudo depende do gosto e da habilidade de quem vai comer...

Num dos extremos do leque da sexualidade masculina está a sexualidade inspirada nos jeitos suínos de comer: sabugos, inhames, restos de feijão e tortas de morango são todos devorados de uma bocada só, o gosto não faz a diferença, tudo é a mesma coisa, sem fazer discriminações, a única coisa que importa é o "finalmente".

No outro extremo está a sexualidade inspirada na culinária de Babette, tudo é delicado, sutil e embriagante, até mesmo as toalhas e a posição das velas. Tudo é pensado como uma obra de arte. Mas, como se sabe, isso é coisa de dias especiais, dias de festa...

Bem no meio do leque está a sexualidade do cotidiano, o trivial do dia a dia: arroz, feijão, carne, couve, alface com tomate, comidinha caseira que se pode servir requentada num mexidão com pimenta. O que me faz lembrar uma estória de amor. A esposa – ela amava tanto o marido! – fazia-lhe diariamente um mingau de fubá, alimento forte para manter as forças. Assim foi por toda a vida, numa fidelidade comovente, sem falhar um dia sequer: toda manhã lá estava diante do marido o prato de mingau de fubá que ele comia até o fim. Até que o inesperado aconteceu. Já bem velha, ficou doente, não conseguia se levantar da cama. O que seria do seu pobre marido sem o mingau de fubá? Desolada, chamou-o, para explicar que, infelizmente, naquele dia, ela não poderia fazer o mingau de fubá. O rosto dele se abriu num vasto sorriso. "Não se preocupe, não, meu bem. Pra dizer a verdade, eu nem gosto mesmo de mingau de fubá..."

SOBRE A SEXUALIDADE MASCULINA (II)

Dizem as ferozes feministas norte-americanas que a ideia de um Deus pai, masculino, é invenção dos homens, com o propósito de tornar as mulheres submissas ao fálus. Por isso, trataram de mudar o sexo de Deus. Pra elas Deus não é deus, é deusa, mulher.

Assino embaixo. Acho que elas estão cobertas de razão. Os poderes divinos que decidem os destinos dos homens têm de ser femininos. Se fossem masculinos eles não permitiriam que se fizesse com os homens as maldades que lhes foram feitas. Basta examinar a assimetria existente entre homens e mulheres para se perceber a situação humilhante dos homens.

Os homens, enganados pela fantasia de que eles têm algo que as mulheres não possuem, não se dão conta de sua fragilidade. E vão ao ponto de, numa incompreensível cegueira para os fatos anatômicos e fisiológicos, dizer que eles "comem" as mulheres. Puro engano. Comer é um ato pelo qual uma coisa é colocada dentro da boca, a boca sendo um orifício vazio que extrai do referido objeto, por meio de movimentos rítmicos, a sua substância e sucos. Ora, a anatomia é clara: é a mulher que é o orifício vazio que recebe o objeto masculino, que ao final aparece murcho e esgotado. Mulher é boca; o homem é a fruta. Ao final, só resta o bagaço da laranja. Ao final de todo ato sexual, o homem perde o seu pênis. A mulher, ao contrário, come e engorda. A psicanálise usa dizer que as mulheres sofrem de "complexo de castração" porque algo lhes falta. Equívoco total. Quem sofre essa dor é o homem. É ele que sempre perde o pênis ao final do ato sexual. Com o que elas não têm, elas podem ter quantos quiserem do que o homem tem. Nas palavras de Norman O. Brown, o que acontece com o pênis é coroação seguida de decapitação.

A segunda assimetria é outro castigo das deusas. A par da assimetria anatomofuncional, a deusa impôs ao homem um castigo de honestidade. Não lhe é possível esconder ou fingir. Ele não pode, por meio de uma decisão racional, dar ordens ao pênis. O pênis tem ideias próprias, não obedece, só faz o que lhe apraz.

Para a mulher é diferente. Ela não corre o risco da humilhação. Por meio de uma decisão racional, ela pode ter uma relação com a pessoa que ama, pode fingir, e o outro nem percebe. Talvez que o maior prazer de uma relação sexual seja o prazer de ser objeto de prazer do outro. "O outro me deseja. Eu posso satisfazer o seu desejo." Babette, cozinheira maravilhosa, tinha prazer não em comer a comida que preparava – ela só provava. O seu prazer estava em dar prazer. Isto, sobre o comer na mesa, vale para o comer na cama. E a mulher é como a Babette. Ela pode dar prazer sempre que desejar. O que não acontece com o homem.

O venerável santo Agostinho declara, na sua obra *De Civitate Dei*, que este foi o primeiro castigo que as divindades infligiram sobre o homem: elas separaram o pênis da razão, de sorte que o dito-cujo se pôs a fazer coisas que não devia, nos momentos impróprios, e a não fazer as que devia, nos momentos próprios. Por isso os deuses, com dó dos homens, os cobriram com roupas: para esconder a vergonha. E haverá coisa mais vergonhosa que um pênis insensível ao desejo de uma mulher? Zorba dizia que esse era o único pecado por que o homem ia para o inferno. Santo Agostinho arremata que o ideal seria que o órgão masculino funcionasse do mesmo jeito como funciona o dedo, movendo-se, sem nunca desobedecer, por ordem da razão. A que todos os homens nascidos e por nascer respondem: "Amém!".

Depois vem a fantasia de que "ela é areia demais para o meu caminhãozinho". Claro que há sempre o recurso de se fazer duas viagens. Mas a assimetria continua. Dito em linguagem culinária: "minha comida é muito pouca para a fome dela". Dito em linguagem técnica: "eu, como objeto do desejo, sou pequeno demais para o desejo dela". E as mulheres são as primeiras a falar sobre o tamanho enorme do seu desejo. "Para o meu desejo, o mar é uma gota", diz a Adélia. Ah! Então seria preciso que os homens fossem deuses para satisfazer esse desejo oceânico!

Aí os homens começam a ter medo do desejo da mulher. "Melhor uma mulher sem desejo. Pois se ela não tiver desejo, não passarei pela humilhação de não poder satisfazê-lo." Por isso os homens de gerações passadas queriam noivas virgens, não por razões religiosas de pureza, mas para impedir a possibilidade de comparação. O homem não suporta imaginar que o desejo de sua amada, que ele não consegue satisfazer, possa ser satisfeito por outro. Daí o terror da infidelidade da mulher. Não, não se enganem. A ferida não é ficar sem ela, a dor não é a perda dela. A dor maior, insuportável, é narcísica. Pois "ao me ser infiel e me abandonar ela está proclamando aos quatro ventos a minha incapacidade de satisfazer o seu desejo: ela revela o segredo da minha incompetência". O que vai ser insuportável para o homem não é a ausência da mulher, mas os olhares dos seus pares, homens. A identidade sexual também se define, "homossexualmente", pela confirmação dos outros do mesmo sexo. "A minha masculinidade deve ser reconhecida não só pela mulher como também pelos meus pares." Saunas não deixam de ser santuários de reconhecimento. Mas se a mulher não tiver desejo, o homem estará protegido desse horrível perigo metafísico. A virgindade, a ablação do clitóris praticada por certas tribos africanas, a indiferença sexual e, no seu ponto extremo, o crime de amor são formas de possuir a mulher através da destruição do seu desejo. "Uma mulher sem desejo será sempre minha."

A aparência bruta, os músculos moldados pelos halteres, as estórias de proezas sexuais, a produção visual de acordo com os padrões masculinos – todos estes são artifícios de um ser amedrontado diante do mistério fascinante da mulher. "Tão fraca, tão frágil – e, no entanto, é diante dela que vou me revelar. Será ela que me revelará se eu sou comida capaz de matar a sua fome." Os que não sentem ansiedade são aqueles que não entendem, semelhantes aos cachorros: ainda não ouviram a notícia. Dentro em breve a sua carne os surpreenderá com o recado. E daí para frente eles estarão permanentemente perdidos.

Agora me digam: as deusas tinham necessidade de fazer tal maldade com os homens?

PARA UM FILHO

Já disse que acho mórbido o costume de apagar velas pelo aniversário. Uma vela nunca deve ser apagada: há sempre o perigo de que os deuses não entendam o que estamos pedindo ao assoprar a chama, símbolo da vida. Para evitar mal-entendidos, prefiro fazer o contrário: acender uma vela. Os deuses entenderão o que estou pedindo. E é isso que faço neste seu aniversário, meu filho: acendo uma vela...

Velas são objetos mágicos. Sua chama ilumina obscuros cantos das cavernas da memória. Sob sua luz bruxuleante aparecem quadros, fotos, imagens que um Desconhecido, através dos anos, foi pendurando em suas paredes. Santo Agostinho pensava igual. Nas suas *Confissões* também ele descreve a memória como uma caverna profunda, tão profunda que certas imagens, para serem lembradas, têm de ser desenterradas.

Em *A história sem fim*, o menino Bastian Baltazar Bux está perdido na Fantasia. É preciso que ele beba das Fontes das Águas da Vida para poder voltar à casa. Mas, para encontrar o caminho, ele terá de se lembrar de uma coisa de que ele não mais se lembra: uma imagem de amor. Em busca dessa memória perdida, ele chega à Mina das Imagens.

"Quem é você?", perguntou Bastian ao guardião da mina.

"Sou Yor, a quem chamam de o Mineiro Cego. Mas só sou cego onde há luz. Na minha mina, onde reina uma escuridão total, posso ver."

Sobre a imensa planície gelada e silenciosa Bastian viu imagens sobre a neve, como se fossem joias preciosas incrustadas na seda branca. Eram placas muito finas de uma espécie de mica transparente e colorida, de todos os tamanhos...

"São os sonhos esquecidos do mundo", explicou Yor. E continuou:

"Você procura as Águas da Vida. Queria ser capaz de amar, para poder voltar ao seu mundo. Amar... é fácil dizê-lo. Mas as Águas da Vida vão perguntar: Quem? Não se ama em geral. Se você não for capaz de responder, não poderá beber. Por isso, só um sonho esquecido que você reencontre aqui poderá ajudá-lo...".

Por dias e semanas Bastian perambulou pelas imagens fincadas na neve, à procura do seu sonho. Inutilmente. Todas as imagens deixaram-no igualmente indiferente. Yor disse-lhe, então:

"É necessário que você desça até o fundo da mina e cave...".

Por dias e dias Bastian trabalhou agachado no centro da terra como criança no ventre da mãe, à procura do sonho esquecido. Até que um dia, uma nova imagem... Foi um sentimento novo, vinha de muito longe, como uma onda de mar que vai crescendo, transforma-se numa parede d'água da altura de uma casa, e arrasta tudo consigo. Seu coração lhe doía: era como se não fosse suficientemente grande para saudade tamanha...

De muitas coisas a gente se lembra sem dor nem saudade. São as coisas corriqueiras que moram na superfície da terra, ao alcance dos olhos, ao alcance das mãos, ao alcance das palavras... Nas cavernas da memória, entretanto, só são guardadas imagens que doem ao ser lembradas. São imagens de saudade. Imagens de saudade são pedaços do nosso próprio corpo, que o tempo levou. Tudo o que se ama transforma-se em parte da gente, do jeito mesmo como o disse Ricardo Reis:

Aquele arbusto
Fenece, e vai com ele
Parte da minha vida.
Em tudo quanto olhei fiquei em parte...

Pois foi assim, meu filho, ao ver o tempo passando por você, que invoquei os deuses e acendi a minha vela para procurar, nas cavernas da memória, as imagens de saudade que eu gostaria que se repetissem sempre.

A primeira foi a de um menininho de seis anos andando sozinho numa rua deserta, num país distante e de língua estranha. Era preciso que ele aprendesse o seu caminho. Meu desejo de pai era continuar a tomá-lo pela mão, estar sempre perto para que o menininho não tivesse medo. Mas a hora havia chegado em que o menininho tinha de sair sozinho por aquele mundo desconhecido. E lá fiquei eu na janela, vendo você caminhando naquela fria manhã de outono. E me dei conta, repentinamente, de que aquela cena haveria de se repetir muitas vezes mais. E eu teria de ficar olhando de longe, da janela, enquanto você caminhava sozinho.

O segundo quadro achei estranho. Era todo negro, sem nenhuma luz. Procurei, mas nada consegui ver. Percebi que era noite. Um quarto de dormir. Havíamos acabado de voltar do exterior. Eram os anos sinistros da repressão. Eu rolava na cama, sem conseguir dormir, pensando os pensamentos que se pensa quando o medo está misturado com o ar. Minha única companhia era o ressonar dos que dormiam. Eu me sentia absolutamente só, com a minha angústia. Pelo menos era assim que eu pensava. Mas, de repente, no escuro, ouvi uma voz de criança:

– Papai!

– Que é, meu filho?

– Eu gosto muito de você...

E foi assim que, por mim, naquele instante a ditadura terminou, em meio a meu riso e meu choro.

O último quadro tem data de muitos anos depois. Era o fim de uma tarde. Eu saíra de carro para ver o pôr do sol. Andava lá pelas bandas do Castelo, quando vi, ao longe, um jovem numa moto... As motos sempre me causaram medo, mas aquela cena era muito bonita. Era como se ele estivesse cavalgando um cavalo selvagem... O rosto, eu não conseguia reconhecer – contra o sol poente o seu cabelo estava em chamas, e o perfil era dourado, como um herói nórdico. A moto movia-se lentamente: não havia pressa. Aproximei-me para ver e ultrapassar. Era você... Aí eu comecei a rir...

Acho que saberei responder quando as Águas da Vida me perguntarem: "Quem?".

Feliz aniversário...

IV
VELHICE

VELHICE

E, de repente, os meus olhos se abriram: percebi que estou velho. Não, não foi a soma dos anos vividos que me fez chegar a esta conclusão. De fato, há uma velhice que é uma entidade do mundo exterior e que pode ser medida por calendários, relógios e decadência do corpo: geriátrica. Mas há uma outra...

Ri ao ler a notícia do jornal: "Ancião de 50 anos atropelado". Imaginei que o homem de 50 anos tinha sido duplamente atropelado: pelo carro e pela notícia. E a notícia, com certeza, causou estragos maiores.

Coisa semelhante já acontecera comigo: aquela moça, que me olhara com sorriso meigo e me colocara suspenso num efêmero parêntese romântico naquele vagão de metrô para, logo em seguida, com um gesto franco, me oferecer o seu lugar. O seu gesto gentil tivera o efeito de um atropelamento. Ela me dissera silenciosamente: "Gosto do senhor, parecido com o pai que eu gostaria de ter tido...". O parêntese romântico estourou como uma bolha de sabão.

Lembro-me de que, enquanto me assentava, pois o seu terrível gesto de amor a isso me obrigava, uns versos de Eliot vieram-me à cabeça:

E eles dirão: "Como está ralo o seu cabelo!"
Meu casaco distinto, meu colarinho impecável,
Minha gravata elegante e discreta, confirmada por um alfinete
solitário – Mas eles dirão: "Seus braços e pernas,
Que finos que estão!"

Por alguns anos pensei que havia sido naquele momento que a revelação acontecera. Mas eu mudei de ideia. O Riobaldo mostrou-me que velhice não é isso que acontece quando as marcas do tempo enrugam a superfície do corpo. Velhice é algo que vai crescendo por dentro, do jeito mesmo como num jardim cresce uma flor. "Toda saudade é uma espécie de velhice": foi isso que ele me ensinou.

A sua sentença estava em harmonia tão perfeita com os meus sentimentos que nem precisei de outras provas. Ele deu nome para o que eu já sentia sem saber dizer. Velhice é saudade.

Isso explica que haja jovens e mesmo crianças que, tendo vivido só um punhadinho de anos, já são velhos. É que a saudade pode florescer já nas manhãs... Esse era o caso do menino Miguilim, que, segundo o narrador, todo dia "bebia um golinho de velhice", com a explicação de que, para ele, "os dias não cabiam dentro do tempo. Tudo era tarde" (João Guimarães Rosa, *Manuelzão e Miguilim*, pp. 77 e 60).

Eliot não era menino. Já tinha 32 anos. Mas ninguém é velho com 32 anos. No entanto, ele escrevia: "Aqui estou eu, um homem velho, num mês seco..." (T.S. Eliot, *The complete poems and plays*, p. 21).

Percebi, então, que a velhice não era coisa nova. Ela tinha morado sempre comigo. Desde menino eu era parecido com o Miguilim. Como o Miguilim, eu bebia um golinho de velhice todo dia. E mesmo as minhas manhãs já eram tarde. Eu tinha saudade sempre, mesmo sem saber do quê. Saudade sem saber do que pode parecer contrassenso, pois a saudade é sempre saudade de alguma coisa: de um rosto, de um lugar, de um tempo passado. Mas os poetas sabem que esse não é o caso. Álvaro de Campos falava de "uma saudade prognóstica e vazia" e dizia que "a memória de qualquer coisa de que não se lembrava lhe esfriava a alma" (Álvaro de Campos, *Poemas*, pp. 118 e 29). E a Adélia Prado, naquele tom jovial e brincalhão que ela usa para esconder a dor, escreveu: "Eh saudade! De quê, meu Deus? Não sei mais" (Adélia Prado, *Poesia reunida*, p. 63).

Você nunca sentiu isso? Uma saudade inexplicável de algo que não se sabe o que é? A saudade aparece, então, como tristeza no seu estado puro, sem objeto. Quando você sentir isso, não se aflija. É que os seus olhos estão andando pelos bosques misteriosos onde nasce a poesia. São os bosques da saudade. Todos os poetas são como o Miguilim: já nascem velhos.

Drummond escreveu este lindo (ah! essa palavrinha tão abusada: "lindo". O que ela quer dizer? Ela quer dizer que a coisa a que damos o nome "lindo" faz amor com a nossa alma. Quando dizemos que algo é lindo, estamos, assim, confessando como somos, por dentro...). Como dizia, Drummond escreveu este lindo poema intitulado *Ausência*:

> *Por muito tempo achei que ausência é falta.*
> *E lastimava, ignorante, a falta.*
> *Hoje não a lastimo.*
> *Não há falta na ausência.*
> *A ausência é um estar em mim.*
> *E sinto-a, branca, tão pegada, aconchegada nos meus braços,*
> *que rio e danço e invento exclamações alegres,*
> *porque a ausência, essa ausência assimilada,*
> *ninguém a rouba mais de mim.*

Sentir saudade é sentir ausência: a gente sente saudade porque a coisa amada está ausente. Por isso, acho que o Drummond não se incomodaria se, onde está escrito "ausência", a gente lesse "saudade". Mas, como saudade é velhice, o poema *Ausência* pode ser lido como o poema da *Velhice*. Substitua as palavras e releia o poema. E você se verá, como o Drummond, rindo e dançando e inventando exclamações alegres e repetindo:

> *Porque a velhice, essa velhice assimilada,*
> *ninguém a tira mais de mim...*

OS OLHOS DE MIGUILIM

Alguma coisa mudou nos meus olhos. Suspeitei da doença e fui procurá-la nos textos de oftalmologia. Mas, por mais que a procurasse, não a encontrei sequer mencionada, fosse nos títulos de capítulos, fosse nos índices de assuntos. Os médicos disseram-me que consultei os livros errados. Falaram que melhor teria sido que eu tivesse lido livros de poesia. "Saudade", explicaram-me, não é doença de olho. Não há colírio, óculos ou cirurgia que a curem. Aceito o veredito da ciência, mas continuo sem entender.

Por favor, que me expliquem essa transformação estranha que acontece nos meus olhos – deve ser doença rara, síndrome desconhecida, ainda não descrita, valendo comunicação em congresso. A transformação é assim: quando a saudade bate, os olhos param de ver o que dantes viam, e começam a ver coisas que dantes não viam. Aquela mãe, da canção do Chico, olhou para o quarto do filho morto e pôs flor na jarra: certamente, loucura da saudade – ela via algo que os outros não. É parecido com o que acontece quando se olha as pranchas coloridas do livro *Olho mágico*, com olhar perdido. Isso que os autores do livro apresentam como novidade, eu já sabia fazia tempo. Primeiro mudavam as cores. Depois não se viam, apareciam. E tudo ficava diferente.

Certo estava aquele que me mandou ler poesia. Lembrei-me que, de fato, eu já havia lido antes sobre essa transformação do olhar, num texto do Octavio Paz.

Todos os dias atravessamos a mesma rua ou o mesmo jardim. Todas as tardes os nossos olhos batem no mesmo muro avermelhado, feito de tijolos e tempo urbano.

De repente, num dia qualquer, a rua dá para um outro muro, o jardim acaba de nascer, o muro fatigado se cobre de signos. Nunca os tínhamos visto e agora ficamos espantados por eles serem assim: tanto e tão esmagadoramente reais.

Isso que estamos vendo pela primeira vez já havíamos visto antes. Em algum lugar, no qual nunca estivemos, já estavam o muro, a rua, o jardim. E à surpresa segue-se a nostalgia. Parece que nos recordamos e queríamos voltar para lá, para esse lugar onde as coisas são sempre assim, banhadas por uma luz antiquíssima e ao mesmo tempo acabada de nascer. Nós também somos de lá. Um sopro nos golpeia a fronte. Estamos encantados, suspensos no meio da tarde imóvel.

É assim que ficam os meus olhos, é assim que fica o meu mundo, quando a saudade se aconchega no meu colo, quando a velhice brinca comigo... Os olhos normais veem as ruas, os muros, os jardins, do jeito mesmo como eles são, do jeito mesmo como apareceriam se deles se tirasse uma fotografia. Já os olhos que a saudade encantou ficam dotados de estranhos poderes mágicos: eles veem as ausências, o que não está lá mas que o coração deseja.

Quando eu estava no Grupo me fizeram memorizar muitas coisas. A maioria eu esqueci. Algumas eu decorei. Destas eu ainda me lembro. Faço distinção entre "memorizar" e "decorar". Memorizar é coisa mecânica. Decorar, como a própria etimologia revela, é coisa de amor. "Decorar" vem da palavra latina *cor*, que quer dizer "coração". Decorar é escrever no coração. O que é escrito no coração passa a fazer parte do corpo; não é esquecido nunca. Palavras da Adélia: "O que a memória amou fica eterno".

A meditação sobre os olhos e a saudade trouxe-me à lembrança este poema de Tomás Antônio Gonzaga, decorado. Se, menino, decorei-o, é porque vinha misturado com o golinho de velhice que eu bebia todo dia.

Acaso são estes
os sítios formosos,
aonde passava
os anos gostosos?
São estes os prados,
aonde brincava,
enquanto pastava,
o manso rebanho
que Alceu me deixou?

Daquele penhasco
um rio caía;
ao som do sussurro
que vezes dormia!
Agora não cobrem
espumas nevadas
as pedras quebradas:
parece que o rio
o curso voltou.

Meus versos, alegre,
aqui repetia;
o eco as palavras
três vezes dizia.
Se chamo por ele,
já não me responde;
parece se esconde,
cansado de dar-me
os ais que lhe dou.

Aqui um regato
corria sereno
por margens cobertas
de flores e feno;
à esquerda se erguia
um bosque fechado,
e o tempo apressado,

que nada respeita,
já tudo mudou.

Mas como discorro?
Acaso podia
já tudo mudar-se
no espaço de um dia?
Existem as fontes
e os freixos copados;
dão flores os prados,
e corre a cascata,
que nunca secou.

Minha alma, que tinha
liberta a vontade,
agora já sente
amor e saudade.
Os sítios formosos,
que já me agradaram,
ah! não se mudaram;
mudaram-se os olhos,
de triste que estou.

São estes os sítios?
São estes; mas eu
o mesmo não sou.
Marília, tu chamas?
Espera, que eu vou.

E, para terminar, mais um golinho de velhice, um verso de Rilke: "Quem nos desviou assim, para que tivéssemos um ar de despedida em tudo o que fazemos? Como aquele que, partindo, se detém na última colina a contemplar o vale na distância – e ainda uma vez se volta, hesitante, e aguarda – assim vivemos nós, numa incessante despedida".

Velhice é assim. Miguilim sabia muito bem.

A ÁRVORE INÚTIL

Terceiro dos grandes mestres do taoismo, Chuang-Tzu, a ele se atribui esta estória.

Nan-Po Tzu-ki atravessa a colina de Chang. Ele percebeu uma árvore surpreendentemente grande. Sua sombra podia cobrir mil carroças com quatro cavalos.

– Que árvore é essa?, pergunta-se Tzu-ki. Para que pode servir? Olhando-a de baixo, seus pequenos ramos curvos e torcidos não podem ser transformados nem em vigas nem em cumeeiras. Olhando-a do alto, seu grande tronco, nodoso e rachado, não pode servir para fabricar coisa alguma, nem mesmo ataúdes. Aquele que lamber suas folhas ficará com a boca ulcerada e cheia de abscessos. Só de sentir o seu cheiro fica-se logo tonto e embriagado por três dias.

Tzu-ki conclui:

– Esta árvore não é realmente utilizável e, por essa razão, conseguiu atingir tal porte. Ah! o homem divino, por sua vez, não passa de madeira que não pode ser utilizada.

Desta árvore solitária e extraordinária na colina de Chang eu me lembrei ao ler a notícia sobre um homem tão solitário quanto e mais extraordinário que ela... Só podia ser o homem divino a que se referia Chuang-Tzu. O seu nome: Takeshi Nojima. Imigrante japonês, com 80 anos, já vendeu tomates, criou bicho-da-seda e foi dono de mercearia. Preparava-se para prestar o vestibular de medicina. E ele se explicava: "Parte de minha vida passei cuidando dos meus pais. Outra parte cuidando dos meus filhos. Chegou, finalmente, a hora de cuidar de mim mesmo. Sempre sonhei em estudar medicina. Quero agora realizar o meu sonho".

Pus-me então a fazer cálculos. Oitenta anos. Imaginando-se que ele passou no vestibular, terá à sua frente mais seis anos de estudos. Ao terminar o seu curso terá 86 anos de idade. Será então o momento de fazer a residência médica. Mais dois anos. Somente aos 88 anos irá iniciar o exercício da profissão médica.

Meu primeiro impulso foi o de rir ante a loucura de um velho. Será que ele não sabe somar os anos? Será que ele não tem consciência dos limites da vida?

Mas logo, um sopro de sabedoria me salvou. Sorri. E pensei: "É claro que ele sabe de todas as coisas. É claro que ele sabe que, provavelmente, não haverá tempo para o exercício da sua profissão. Ele sabe que tudo é inútil. E, a despeito disso, o faz. Inútil como aquela árvore que não vivia pelos usos que pudesse ter, mas pela pura alegria de ser".

Utilidade. Colheres, facas, vassouras, alicates, martelos, palitos, pentes, escovas: são todos úteis. Sua razão de ser é aquilo que se pode fazer com eles. São ferramentas, meios, pontes, caminhos para outras coisas diferentes deles... Em si mesmos, não dão nem prazer nem alegria a ninguém.

Inutilidade. A *Sonata* de Domenico Scarlatti que ouço tocada ao cravo, enquanto escrevo esta crônica. O pequeno poema de Emily Dickinson que repito de cor. O cálice de licor que bebo. As ninfeias de Monet sobre que se demoram meus olhos. O bonsai de que cuido. A pipa na mão do menino. A boneca no colo da menina. A mão querida que me toca. Não servem para nada. Não são ferramentas úteis para realizar tarefas. Nem são caminhos ou pontes. Quem tem essas coisas não precisa de ferramentas, pois com elas cessa o desejo de fazer. Quem tem essas coisas não precisa nem de pontes nem de caminhos, porque com elas cessa o desejo de ir. Não é preciso ir, porque já se chegou lá, no lugar da alegria. O prazer e a alegria moram na inutilidade.

E pensei então que aquele homem divino ia fazer o seu curso de medicina como quem escreve um poema, ou toca uma sonata, ou planta um bonsai, ou empina uma pipa; para nada, pelo puro prazer, pela alegria de ser. Imaginei que, talvez, a felicidade do gozo na inutilidade seja algo que os deuses só concedem àqueles que fizeram as pazes com a velhice. Pois a eles é dada a graça, se ficarem sábios, de gozar a liberdade da compulsão prática – a doença terrível e mortal que ataca jovens e adultos. Todos eles querem ser úteis. Todos querem ser ferramentas. Todos querem morar ao lado de facas, martelos, palitos, vassouras, caminhos e pontes.

Os que vivem sob a compulsão da utilidade trabalham. E o tempo todo estão em busca de algo inatingível que se encontra depois de terminada a tarefa, ao fim do caminho, do outro lado da ponte, e que se afasta sempre.

Os que vivem sob a graça da inutilidade não querem chegar a lugar algum. Porque já chegaram. Quero ficar na sonata, no poema, no licor, nas ninfeias, no bonsai, na pipa, na boneca, na mão que me toca. Por isso amo as pessoas divinas, árvores solitárias na colina, madeira que não pode ser utilizada. Amo aqueles que se entregam a gestos loucos e inúteis – pela pura alegria de ser. Amo aquele imigrante japonês desconhecido, que se plantou como bonsai, num gesto em tudo parecido ao gesto poético de um outro homem divino, da mesma raça, Hokusai (1760-1849), ao se aproximar da gloriosa idade de 80 anos. Eis o que ele escreveu:

> Desde os seis anos tenho mania de desenhar a forma das coisas. Aos cinquenta anos publiquei uma infinidade de desenhos. Mas, tudo o que produzi antes dos setenta não é digno de ser levado em conta. Aos setenta e três anos aprendi um pouco sobre a verdadeira estrutura da natureza dos animais, plantas, pássaros, peixes e insetos. Com certeza, quando tiver oitenta anos, terei realizado mais progressos; aos noventa, penetrarei no mistério das coisas; aos cem, por certo, terei atingido uma fase maravilhosa e quando tiver cento e dez anos, qualquer coisa que fizer, seja um ponto ou uma linha, terá vida.

Vejo, no alto da colina de Chang, não uma árvore, mas duas. Suas idades somam 160 anos. Elas conversam e se sacodem de tanto rir. Falam sobre os próximos 160 anos que se seguirão...

A ETERNIDADE

V
SABEDORIA

O JARDIM SECRETO

Estou tentando entender como foi que o boato começou. Começou, espalhou, foi confirmado, acabou virando fato. Quando desdigo me olham com olhares incrédulos. São aqueles pacientes que vêm para a terapia...

[Tenho aqui de abrir parêntesis para dar explicações, pois usei palavra que a ortodoxia proíbe. Eu não deveria ter falado "terapia", mas sim "análise", como fazia o analista de Bagé. Alegam que "análise" é conceito científico, método rigoroso empregado por pesquisadores que trabalham em laboratórios-*settings* assépticos. Pois é isso mesmo que eles alegam estar fazendo: reduzindo as venenosas poções neuróticas e psicóticas que enlouquecem as pessoas aos seus elementos simples, com a objetividade própria do saber acadêmico.

"Terapia", ao contrário, é palavra modesta a que falta tal dignidade. Em grego o *therapeutés* é um "serviçal". O verbo *therapeuein* quer dizer "cuidar", "tomar conta", como se cuida de um jardim, como se toma conta de uma criança. A análise pertence ao universo do saber. A terapia pertence ao universo da compaixão.]

... com precisas expectativas sobre aquilo que os aguarda. Esperam que o terapeuta os conduzirá, como Dante, pelos horrores do Inferno e os terrores do Purgatório, pois é isto que se alega existir dentro do tal Inconsciente sobre o que já ouviram falar, mas desconhecem totalmente. Esta expectativa, preliminar à aventura de autoconhecimento, pressupõe que o viajante acredite que o território a ser visitado, de nome "Inconsciente", é uma espécie de campo de concentração de coisas horrendas, repulsivas, repelentes, reprováveis, feias, malcheirosas, asquerosas, amedrontadoras, tais como Bosch, Dalí e Munch pintaram em suas telas.

Examinando as telas de Bosch surpreendeu-me a semelhança que existe entre o inconsciente cristão e o inconsciente psicanalítico: os dois são, igualmente, infernais. "Deixai toda a esperança, vós que entrais" – estava lá escrito na porta do Inferno, segundo Dante. Haverá algo mais enlouquecedor que tal afirmação?

Essa ideia não é encontrada no Antigo Testamento. A alma humana é ali pintada com grande suavidade. O livro de Eclesiastes, inclusive, muito se assemelha ao taoismo: não há vinganças a serem executadas nem culpas a serem expiadas. O inconsciente sinistro é coisa da teologia das igrejas cristãs, bem exemplificada nos inquisidores dominicanos e nos teólogos calvinistas. Para eles, virtude e pureza não passam de mentiras, disfarces de superfície que precisam ser desmascarados para que as fezes e urinas kleinianas que enchem a alma revelem-se. Dizem os calvinistas: somos, por natureza, totalmente depravados. Em nós não existe grãozinho de bondade. No fundo está sempre a oficina do demônio. Não admira, portanto, que os inquisidores tivessem de se valer do fogo, e que nós mesmos tivéssemos de construir, dentro do corpo, a tal prisão de pedra e ferro chamada Inconsciente, para ali aprisionar as feras. Blake disse o seguinte dos sacerdotes: "Como a lagarta que procura as folhas mais bonitas para nelas colocar os seus ovos, assim o sacerdote coloca suas maldições em nossas alegrias mais bonitas". Bachelard disse algo parecido do psicanalista. Segundo ele, o psicanalista é aquela pessoa que, ao ver uma flor, pergunta logo: "Onde está o estrume?". Técnica própria de confessionário. O confessor suspeitaria logo de um penitente que só falasse sobre o jardim. Ele logo lhe perguntaria: "E nesse lindo jardim, que torpezas você cometeu?".

A Igreja conheceu o inconsciente através do pecado.

A psicanálise conheceu o inconsciente através da neurose e da psicose.

Mas há um outro jeito: o dos poetas. Os poetas conheceram o inconsciente através da Beleza. Para eles, no centro do inconsciente está um jardim. Alguém o fechou, é bem verdade. A chave se perdeu. Mas ele pode ser aberto. E é isto que Bachelard proclama, inspirado nos desenhos de Chagall: "O universo – os desenhos de Chagall o provam – tem, para além de todas as misérias, um destino de felicidade. O homem deve reencontrar o Paraíso".

Essa lição é velha. Diotima, a sacerdotisa que iniciou Sócrates nos segredos do amor, dizia-lhe que todos os homens estão grávidos de Beleza. Mais cedo ou mais tarde esta Beleza quererá nascer. Mora em nós uma Bela Adormecida, como na estória infantil e no poema "Eros e Psique", do Fernando Pessoa. Bachelard, que contemplava o inconsciente (sim, contemplar! O inconsciente é um cenário silencioso, oferecido aos olhos encantados!) tal como ele se revela sob a luz de uma vela, concluía: "Quem confiar nas fantasias da pequena luz descobrirá esta verdade psicológica: o inconsciente tranquilo, sem pesadelos, em equilíbrio com sua fantasia, é exatamente o claro-escuro do psiquismo, ou melhor ainda, o psiquismo do claro-escuro. Imagens da pequena luz nos ensinam a gostar desse claro-escuro da visão íntima" – o inconsciente é uma tela de um mestre flamengo.

Ateliê de artista, foi nele que nasceram as sonatas de Beethoven, as telas de Monet, as esculturas de Michelangelo, os poemas de Fernando Pessoa, o canto gregoriano, as estórias de fadas, os mitos religiosos. Nele também se fabricam brinquedos, risos e alegrias. Lugar de figuras encantadas, ali estão, como nos sonhos, os gnomos, a Terra do Nunca, os palhaços, o Menino Jesus do Alberto Caeiro e o monstro brincalhão de Nietzsche.

Mas alguém terá que servir de parteiro!

Alguém dará o beijo que quebrará o feitiço!

Alguém abrirá o jardim com uma chave mágica!

Tudo isto que eu tentei dizer está dito e visto no filme *O jardim secreto*. Trata-se de uma alegoria sobre os caminhos do corpo e da alma: de como a Beleza triunfa sobre a Morte. Sendo uma alegoria, a estória que ele conta é, ao mesmo tempo, a nossa própria estória. Você se verá refletido nele como Narciso se via refletido na fonte. Há, dentro de cada um de nós, um "jardim secreto", fechado, que precisa ser aberto. O terapeuta, serviçal, é o jardineiro. Tem a obrigação de cuidar do jardim. Arrancar os matos e pragas, por causa das flores. Terapia é isso: visitar o jardim secreto, até que se encontre a chave perdida.

A DOENÇA

Senti o susto na sua voz ao telefone. Você descobriu que está doente de um jeito diferente, como nunca esteve. Há jeitos de estar doente, de acordo com os jeitos da doença. Algumas doenças são visitas: chegam sem avisar, perturbam a paz da casa e se vão. É o caso de uma perna quebrada, de uma apendicite, de um resfriado, de um sarampo. Passado o tempo certo, a doença arruma a mala e diz adeus. E tudo volta a ser como sempre foi.

Outras doenças vêm para ficar. E é inútil reclamar. Se vêm para ficar, é preciso fazer com elas o que a gente faria caso alguém se mudasse definitivamente para a nossa casa: arrumar as coisas da melhor maneira possível para que a convivência não seja dolorosa. Quem sabe se pode até tirar algum proveito da situação?

Doenças-visitas você já teve muitas. Mas sua nova doença veio para ficar. Hipertensão: 170 por 120. É muito alta. Tem de baixar para viver mais. Para isso, há uns remedinhos que controlam os excessos da intrusa. Mas livrar-se dela, cura, parece que isso não é possível. Mas é possível tirar proveito da situação. Eu mesmo convivo com minha hipertensão há mais de 20 anos. E até o momento não tivemos nenhuma alteração grave.

Vai um conselho: sem brincar de Poliana, trate sua doença como uma amiga. Mais precisamente: como uma mestra que pode torná-lo mais sábio. Groddeck, um dos descobridores da psicanálise de quem quase ninguém se lembra (o que é uma pena, porque ele navega por mares que a maioria dos psicanalistas desconhece), dizia que a doença não é uma invasora que, vinda de fora, penetra no corpo à força. A verdade é o contrário. Ela é uma filha do corpo, uma mensagem gerada em suas funduras, e que aflora à superfície da carne, da mesma forma como bolhas produzidas nas funduras das lagoas afloram e estouram na superfície das águas. A doença tem uma função iniciática: através dela se pode chegar a um maior conhecimento de nós mesmos. Doenças são sonhos sob a forma de sofrimento físico. Assim, se você ficar amigo da sua doença, ela lhe dará lições gratuitas sobre como viver de maneira mais sábia.

Pode ser que você ainda não tenha se dado conta disso, mas o fato é que todas as coisas belas do mundo são filhas da doença. O homem cria a beleza como remédio para a sua doença, como bálsamo para o seu medo de morrer. Pessoas que gozam saúde perfeita não criam nada. Se dependesse delas, o mundo seria uma mesmice chata. Por que haveriam de criar? A criação é fruto de sofrimento.

"Pensar é estar doente dos olhos", disse Alberto Caeiro. Os olhos do poeta tinham de estar doentes porque, se não estivessem, o mundo seria mais pobre e mais feio, porque o poema não teria sido escrito. Porque estavam doentes os olhos de Alberto Caeiro, um poema foi escrito e, por meio dele, temos a alegria de ler o que o poeta escreveu. O corpo produz a beleza para conviver com a doença.

A se acreditar no poeta Heine, foi para se curar da sua enfermidade que Deus criou o mundo. Deus criou o mundo porque estava doente de amor... Eis o que Deus falou, segundo o poeta: "A doença foi a fonte do meu impulso e do meu esforço criativo; criando, convalesci; criando, fiquei de novo sadio".

Meditando sobre uma dolorosa experiência de enfermidade por que passara, Nietzsche disse o seguinte:

> ... é assim que, agora, aquele longo período de doença me aparece: sinto como se, nele, eu tivesse descoberto de novo a vida, descobrindo a mim mesmo, inclusive. Provei todas as coisas

boas, mesmo as pequenas, de uma forma como os outros não as provam com facilidade. E transformei, então, minha vontade de saúde e de viver numa filosofia.

A doença é a possibilidade da perda, uma emissária da morte. Sob o seu toque, tudo fica fluido, evanescente, efêmero. As pessoas amadas, os filhos – todos ganham a beleza iridescente das bolhas de sabão. Os sentidos, atingidos pela possibilidade da perda, acordam da sua letargia. Os objetos banais, ignorados, ficam repentinamente luminosos. Se soubéssemos que vamos ficar cegos, que cenários veríamos num simples grão de areia! Quem sente gozo na simples maravilha cotidiana que é não sentir dor? Dei-me conta disso quase num êxtase de gratidão mística quando, depois de alguns séculos de dor insuportável de uma cólica renal (a dor sempre demora séculos), a mágica Dolantina devolveu-me à condição assombrosa de não sentir dor. A saúde emburrece os sentidos. A doença faz os sentidos ressuscitarem.

Então, não brigue com a sua doença. Ela veio para ficar. Trate de aprender o que ela quer lhe ensinar. Ela quer que você fique sábio. Ela quer ressuscitar os seus sentidos adormecidos. Ela quer dar a você a sensibilidade dos artistas. Os artistas todos, sem exceção, são doentes... É preciso que você se transforme em artista. Você ficará mais bonito. Ficando mais bonito, será mais amado. E, sendo mais amado, ficará mais feliz...

SAÚDE MENTAL

Fui convidado a fazer uma preleção sobre saúde mental. Os que me convidaram supuseram que eu, na qualidade de psicanalista, deveria ser um especialista no assunto. E eu também pensei. Tanto que aceitei. Mas foi só parar para pensar para me arrepender. Percebi que nada sabia. Eu me explico.

Comecei o meu pensamento fazendo uma lista das pessoas que, do meu ponto de vista, tiveram uma vida mental rica e excitante, pessoas cujos livros e obras são alimento para a minha alma. Nietzsche, Fernando Pessoa, Van Gogh, Wittgenstein, Cecília Meireles, Maiakovski. E logo me assustei. Nietzsche ficou louco. Fernando Pessoa era dado à bebida. Van Gogh matou-se. Wittgenstein alegrou-se ao saber que iria morrer em breve: não suportava mais viver com tanta angústia. Cecília Meireles sofria de uma suave depressão crônica. Maiakovski suicidou-se. Essas eram pessoas lúcidas e profundas que continuarão a ser pão para os vivos muito depois de nós termos sido completamente esquecidos.

Mas será que tinham saúde mental? Saúde mental, essa condição em que as ideias comportam-se bem, sempre iguais, previsíveis, sem surpresas, obedientes ao comando do dever, todas as coisas nos seus lugares, como soldados em ordem-unida, jamais permitindo que o corpo falte ao trabalho, ou que faça algo inesperado; nem é preciso dar uma volta ao mundo num barco a vela, basta fazer o que fez a Shirley Valentine (se ainda não viu, veja o filme!) ou ter um amor proibido ou, mais perigoso que tudo isso, a coragem de pensar o que nunca pensou. Pensar é coisa muito perigosa...

Não, saúde mental elas não tinham. Eram lúcidas demais para isso. Elas sabiam que o mundo é controlado pelos loucos e idosos de gravata. Sendo donos do poder, os loucos passam a ser os protótipos da saúde mental. Claro que nenhum dos nomes que citei sobreviveria aos testes psicológicos a que teria de se submeter se fosse pedir emprego numa empresa. Por outro lado, nunca ouvi falar de político que tivesse estresse ou depressão. Andam sempre fortes em passarelas pelas ruas da cidade, distribuindo sorrisos e certezas.

Sinto que meus pensamentos podem parecer pensamentos de louco e por isso apresso-me aos devidos esclarecimentos.

Nós somos muito parecidos com computadores. O funcionamento dos computadores, como todo mundo sabe, requer a interação de duas partes. Uma delas chama-se *hardware*, literalmente "equipamento duro", e a outra denomina-se *software*, "equipamento macio". O *hardware* é constituído por todas as coisas sólidas com que o aparelho é feito. O *software* é constituído por entidades "espirituais" – símbolos que formam os programas e são gravados nos disquetes.

Nós também temos um *hardware* e um *software*. O *hardware* são os nervos do cérebro, os neurônios, tudo aquilo que compõe o sistema nervoso. O *software* é constituído por uma série de programas que ficam gravados na memória. Do mesmo jeito como nos computadores, o que fica na memória são símbolos, entidades levíssimas, dir-se-ia mesmo "espirituais", sendo que o programa mais importante é a linguagem.

Um computador pode enlouquecer por defeitos no *hardware* ou por defeitos no *software*. Nós também. Quando o nosso *hardware* fica louco há que se chamar psiquiatras e neurologistas, que virão com suas poções químicas e bisturis consertar o que se estragou. Quando o problema está no *software*, entretanto, poções e bisturis não funcionam. Não se conserta um programa com chave de fenda. Porque o *software* é feito de símbolos, somente símbolos podem entrar dentro dele. Assim, para se lidar com o *software* há que se fazer uso de símbolos. Por isso, quem trata das perturbações do *software* humano nunca se vale de recursos físicos para tal. Suas ferramentas são palavras, e eles podem ser poetas, humoristas, palhaços, escritores, gurus, amigos e até mesmo psicanalistas.

Acontece, entretanto, que esse computador que é o corpo humano tem uma peculiaridade que o diferencia dos outros: o seu *hardware*, o corpo, é sensível às coisas que o seu *software* produz. Pois não é isso que acontece conosco? Ouvimos uma música e choramos. Lemos os poemas eróticos do Drummond e o corpo fica excitado.

Imagine um aparelho de som. Imagine que o toca-discos e os acessórios, o *hardware*, tenham a capacidade de ouvir a música que ele toca e de se comover. Imagine mais, que a beleza é tão grande que o *hardware* não a comporta e se arrebenta de emoção! Pois foi isso que aconteceu com aquelas pessoas que citei no princípio: a música que saía do seu *software* era tão bonita que o seu *hardware* não suportou.

Dados esses pressupostos teóricos, estamos agora em condições de oferecer uma receita que garantirá, àqueles que a seguirem à risca, saúde mental até o fim dos seus dias.

Opte por um *software* modesto. Evite as coisas belas e comoventes. A beleza é perigosa para o *hardware*. Cuidado com a música. Brahms e Mahler são especialmente contraindicados. Já o roque pode ser tomado à vontade. Quanto às leituras, evite aquelas que fazem pensar. Há uma vasta literatura especializada em impedir o pensamento. Se há livros do doutor Lair Ribeiro, por que se arriscar a ler Saramago? Os jornais têm o mesmo efeito. Devem ser lidos diariamente. Como eles publicam diariamente sempre a mesma coisa com nomes e caras diferentes, fica garantido que o nosso *software* pensará sempre coisas iguais. E, aos domingos, não se esqueça do Silvio Santos e do Gugu Liberato.

Seguindo esta receita você terá uma vida tranquila, embora banal. Mas como você cultivou a insensibilidade, você não perceberá o quão banal ela é. E, em vez de ter o fim que tiveram as pessoas que mencionei, você se aposentará para, então, realizar os seus sonhos. Infelizmente, entretanto, quando chegar tal momento, você já terá se esquecido de como eles eram.

O RATO ROEU O QUEIJO DO REI...

Deitado, eu lia uma estória para a minha neta Mariana quando, repentinamente, tive a experiência mística da iluminação: vi, com clareza acima de qualquer dúvida, aquilo que os mais argutos filósofos não conseguiram ver. Vi, como num quadro, a solução para o enigma da democracia.

A democracia, eu sempre amei. Mas agora o meu amor transformou-se em saber filosófico. Sei as razões da democracia. E porque desejo que você, leitor, tenha saber idêntico ao meu, passo a contar-lhe a mesma estória que eu contava à minha neta no momento da iluminação.

"Havia, outrora, num país distante, um rei que amava os queijos acima de quaisquer outros prazeres. O seu amor pelos queijos era tão grande que ele, movido por curiosidade científica e interesses gastronômicos, mandou vir, de todas as partes do mundo, os mais renomados especialistas em queijo, aos quais foram oferecidos recursos não só para continuar a fabricação dos queijos já conhecidos, como também para se dedicar à pesquisa de novos queijos, para assim alargar as fronteiras da ciência, da técnica e da gula. Ficaram famosos os queijos fabricados com leite de baleia e leite de unicórnio, estes últimos procuradíssimos pelas suas virtudes afrodisíacas.

O palácio do rei era um enorme depósito de queijos de todas as qualidades, encontrando-se nele os queijos *camembert, cheddar, edam, emmentaler,* gorgonzola, gouda, limburger, parmesão, pecorino, provolone, sapsago, trapista, prato, minas, mussarela, ricota, entre outros.

O país tornou-se famoso e enriqueceu-se com a exportação de queijos. O seu cheiro atravessava os mares. Universidades foram criadas com o objetivo de desenvolver a ciência dos queijos. Houve mesmo uma escola teológica que, pelos rigores da exegese dos Textos Sagrados, concluiu que o santo sacramento da eucaristia não foi primeiro celebrado com pão e vinho, mas com queijo e vinho, donde se originou o costume que perdura até hoje nas celebrações profanas.

Aconteceu, entretanto, que além do rei e do povo, havia outros seres no reino que também gostavam de queijo: os ratos. Atraídos pelo cheiro que saía do palácio, mudaram-se para lá aos milhares e passaram, imediatamente, a banquetear-se com os queijos reais.

Os ratos tomaram todos os lugares. Encontravam-se nos armários, nas gavetas, nas canastras, nas camas, nos sofás, na cozinha, nos chapéus, nos sapatos, nos bolsos e até mesmo na barba do rei.

Mas o pior de tudo era que os ratos, premidos por imperativos digestivos, tinham de expelir por uma extremidade o que haviam engolido pela outra, e à medida que andavam, iam deixando pelos corredores, salas e quartos do palácio um imenso rastro de minúsculos cocozinhos, redondos, durinhos e malcheirosos.

Furioso, o rei chamou os seus ministros e perguntou-lhes: – Que fazer para nos livrarmos dos ratos? Eles responderam: – É fácil, Majestade. Basta trazer os gatos.

O rei ficou felicíssimo com ideia tão brilhante e mandou trazer uma centena de gatos para dar cabo dos ratos.

Os ratos, ao ver os gatos, fugiram espavoridos. Foram-se os ratos. Ficaram os gatos, que encheram o palácio. À semelhança dos ratos, os gatos comiam tudo o que viam e, compelidos pelas mesmas exigências fisiológicas que moviam os roedores, cobriram os brilhantes pisos do palácio com seus cocôs fedorentos.

Furioso, o rei chamou os seus ministros e perguntou-lhes: – Que fazer para nos livrarmos dos gatos? E eles responderam: – É fácil, Majestade.

Basta trazer os cachorros. Vieram cachorros de todos os tipos, grandes e pequenos, curtos e compridos, lisos e pintados.

Os gatos, ao ver os cachorros, fugiram espavoridos. Foram-se os gatos, ficaram os cachorros, que encheram o palácio. E a mesma estória se repetiu. Ao final, havia cocôs de cachorro por todos os lugares do palácio.

Furioso, o rei chamou os seus ministros e perguntou-lhes: – Que fazer para nos livrarmos dos cachorros? E eles responderam: – É fácil, Majestade. Basta trazer os leões.

Vieram os leões com suas jubas e seus urros. Os cachorros, ao vê-los chegar, fugiram em desabalada carreira. Foram-se os cachorros, ficaram os leões. Mas os leões não só comiam cem vezes mais, como defecavam cem vezes mais que os minúsculos camundongos. O tesouro real entrou em crise. Baixaram as reservas do ouro. Começou a faltar dinheiro para comprar carne e para pagar os catadores de cocôs, que ameaçaram entrar em greve.

Furioso, o rei chamou os seus ministros e perguntou-lhes: – Que fazer para nos livrarmos dos leões? E eles responderam: – É fácil, Majestade. Basta trazer os elefantes.

Foram-se os leões. Ficaram os elefantes. Enormes, eles comiam montanhas e defecavam montanhas. O palácio transformou-se num enorme monte de bosta de elefante. E a fedentina do reino atravessou os mares.

Furioso, o rei chamou os seus ministros e perguntou-lhes: – Que fazer para nos livrarmos dos elefantes?

Os ministros lembraram-se, então, de que os elefantes, que nada temem, estremecem de medo ao ver um ratinho. E responderam em coro: – É fácil, Majestade. Basta trazer os ratos!

E assim foi feito. Voltaram os ratos. Foram-se os elefantes. E viveram felizes para sempre."

O dia chegará quando minha neta terá crescido. Não mais lhe contarei estórias. Ela aprenderá sobre a política. Quererá visitar os prédios do Congresso Nacional, símbolos da democracia. Notará, espantada, que há cocozinhos de ratos em todos os lugares. Me dirá, espantada: "Vovô, deve haver muitos ratos por aqui!". Eu responderei: "Sim, muitos ratos".

E ela me perguntará: "Mas por que não se trazem os gatos para acabar com os ratos?". Então eu lhe contarei de novo essa estória e lhe direi: "Aprenda a grande lição da democracia: é preferível cocô de rato à bosta de elefante".

PRESENTE

É conhecimento comum, não disputado, que presentes são portadores de alegria. E por isso são dados às pessoas amadas: para que elas fiquem alegres.

Assentando-se sobre essa premissa, a lógica do meu pensamento era impecável, pois a regra de três não nos permite errar: "Se um presente contém um *quantum* 'X' de alegria, 20 presentes conterão 20 vezes mais alegria".

O senso comum e a regra de três haviam me convencido: cada um daqueles saquinhos de plástico transparente, com 20 bexigas de muitas cores cada um, continha 20 vezes mais alegria que uma bexiga sozinha de uma cor só. Assim, retirei dois da estante da loja e comprei-os.

Tudo começara uma semana antes. Eu estava hospedado na casa de um amigo, nos Estados Unidos. Era o Dia das Bruxas, e voltávamos de uma festa com o seu filho e a sua filha, de seis e sete anos, respectivamente, duas crianças encantadoras. Cada um deles segurava uma bexiga flutuante. Mas aí o que iria acontecer mais cedo ou mais tarde aconteceu mais cedo. A bexiga de um deles esbarrou no galho de um arbusto e "pum!" –

estourou. Foi aquela choradeira. Não por causa da bexiga, mas por causa da simetria. O que doía era o fato de um ter e o outro não.

O que dói não é a ausência de coisas, mas o fato de o outro ter e nós não. Se os dois não tiverem, a ausência não dói. Tratei logo de consolar o menininho. Disse-lhe que no dia seguinte eu iria viajar, que voltaria dentro de uma semana, e que quando voltasse lhe traria uma bexiga muito maior e mais bonita.

Agora eu voltava de viagem, a caminho da casa do meu amigo, e preparava-me para cumprir o prometido. Só que, em vez de uma bexiga, eu levava 20. Em vez de bexigas apenas para o menino, bexigas para ele e a irmã. Em vez de bexigas do tamanho daquela que estourara, bexigas muito maiores. Ao invés de bexigas de uma cor só, bexigas de muitas cores. Lá ia eu, com um mundo de felicidade dentro da mala.

Cheguei de noite. As crianças dormiam. Ao acordar, no dia seguinte – era um domingo –, ouvi, pelo barulho da televisão, que os dois já estavam de pé. Acordados e contentes. Felizes sem presentes. As crianças são assim: precisam de muito pouco para ser felizes. Pensei: chegou a hora de multiplicar sua felicidade!

Fui até a sala de televisão, com os pacotinhos escondidos. "Vocês se lembram do que eu prometi?", perguntei. Não se lembravam. Já se haviam esquecido do acontecido no Dia das Bruxas.

Meio desapontado, dei-lhes os pacotinhos com as bexigas e voltei para o meu quarto, convencido de ter feito uma boa ação. O clima voltou à tranquilidade de antes. Mas não por muito tempo. Logo ouvi gritos e xingamentos. Corri até a sala de televisão. Os dois estavam atracados. Tudo por causa das bexigas. É que num dos pacotinhos havia só uma bexiga branca, enquanto no outro havia três. O que recebera as três brancas sentia-se logrado, pois achava as brancas mais feias que as coloridas. Intervim com autoridade. Peguei as bexigas de volta. Subtraí as quatro brancas do total de 40. Restaram 36. Dei 18 para cada um. Restabeleci a simetria. Voltou a paz. Compreendi, então, que dar presente é arte que requer um profundo conhecimento da alma humana.

Presentes não são pacotes de alegria, como os ingênuos pensam. Presentes são entidades mágicas. Quem dá um presente está fazendo "um trabalho". Presentes são bruxedos que atiçam as potências adormecidas da alma humana.

De todas elas a mais terrível é a "comparação". A comparação é o ovo de serpente de onde nasce a inveja. O menino e a menina estavam felizes com seus brinquedos velhos. Eu lhes dei um presente novo. O presente novo envenenou os seus olhos, que começaram a fazer comparações. Daí surgiram a inveja e a briga.

É fácil quebrar o feitiço: basta não olhar para o presente do outro. Mas há presentes que só são dados para provocar o olhar invejoso, aqueles que servem para se dizer: "o meu é mais, o meu é maior do que o seu". Um anel de brilhantes é dado para ser exibido. Claro, acredito que você o deu por puro amor. Mas aquele momento de enlevo romântico, acompanhado de vinho, velas e declarações de amor eterno, tem curta duração. Logo depois o anel passará a circular num outro circuito: o circuito dos olhos das "outras", onde se encontram anéis maiores e menores. A graça do anel está na provocação de inveja que ele faz.

Por que o homem daria um anel de brilhantes? Cada anel, por ser destituído de qualquer sentido prático, é uma exibição de excesso econômico que, depois das devidas transformações simbólicas, pode ser entendido como exibição de exuberância fálica. "Ah! Que potente é o seu marido!", dirão as invejosas mulheres contemplando o seu anel. Também isto pertence ao capítulo da sexualidade masculina. Mas como não fica bem a um discreto executivo abrir diretamente o seu rabo de pavão, ele usa a mulher para tal fim. Observe bem e você verá dentro do anel de brilhantes um marido arrogante.

As crianças sabem disso muito bem. Depois do entusiasmo inicial dos presentes de Natal fazem a contabilidade, "contam" os presentes recebidos. Elas já sabem que parte de sua felicidade não está nos presentes, em si mesmos, mas em haver recebido mais que os outros. Triste isso, saber que em meio à aparente felicidade dos presentes está o sinistro movimento dos olhos chamado inveja, que se alimenta da destruição da alegria. Você que se prepara para comprar os presentes de Natal: cuidado com a bruxaria...

NÃO VIAJEI

A cor da minha pele está como sempre foi. Não me bronzeei numa praia. Não fui de avião nem ao Caribe, nem ao Nordeste, nem ao Sul. Fiquei. Podia ter ido. Preferi ficar. Fiquei sem sentir inveja dos prazeres que os que tinham ido estariam tendo. Muita gente viaja, não porque queira, mas porque vê todos os outros indo e não suporta ficar, imaginando que os outros estão bebendo água de coco, comendo camarão e curtindo adoidado. Fiquei sem inveja. Eu não queria viajar. Pelo menos não queria viajar indo de um lugar para outro. Queria me deliciar com prazeres que moram ao alcance da mão. Na minha casa. Há viagens que só se fazem por dentro. Para isso é preciso ficar.

Diz-se que o filósofo Karl Jaspers não viajava nunca. Ele alegava, com arrogância filosófica, que na sua casa encontravam-se todas as coisas dignas de ser conhecidas. Arrogância filosófica e bobeira psicanalítica. Nunca vi justificativa mais boba. Acho que ele não viajava era por medo de viajar. Acostumado a vida inteira só a ler, quando chegava num lugar lindo não sabia o que fazer.

Feito o pobre são Jorge que, treinado a vida inteira para lutar contra o dragão que ele nunca matava porque, se matasse, ia ficar sem o que fazer; pois é, o são Jorge, um belo dia, armadura, cavalo e lança, vai para a luta diária e, ao chegar ao local, encontra uma linda donzela apaixonada que se explica: "Ah! Jorginho! Você sabe do príncipe que virou sapo por artes de feitiçaria... Pois eu, princesa, virei foi dragão por obra de bruxaria. Mas agora, passados mil anos, o feitiço acabou. Vem Jorginho, com tua outra lança, a lança do amor...". Bastou que ela dissesse isso para que a lança do são Jorge fosse acometida de súbita moleza e se entortasse feito macarrão cozido. Por vezes é mais fácil lutar contra um dragão que fazer amor com uma donzela apaixonada.

Pois assim era o pobre filósofo. Acostumado a ver tudo através dos livros, tinha terror de ficar frente a frente com a coisa em si. Imagino que, em suas poucas experiências frustradas de viagem, ficou no quarto do hotel, relendo a *Kritik der Reinen Vernunft*, pelo terror de sair perambulando por vielas desconhecidas. Para a filosofia, só é real o que pode ser transformado em livro.

Karl Jaspers estava errado quando dizia encontrar na sua casa tudo o que é digno de ser conhecido. Eu não viajo para conhecer. Eu viajo para ter prazer. Acho que vou conhecer mais sobre Michelangelo ficando em casa e lendo livros sobre ele do que indo a Firenze. Mas indo a Firenze a minha imaginação voa e, ao andar pelas ruas, penso que ele também andou por elas. É esta sensação mágica de... De que mesmo? Não, não é contemporaneidade, estar num mesmo tempo, porque há séculos que nos separam. É "con-espacialidade" – uma palavra que não existe, acabo de consultar o *Aurélio*, mas deveria existir e, por isso mesmo, eu a invento. Sentimento igual à personagem de Goethe que, escrevendo para a amada, dizia: "Não, nada tenho para lhe dizer. Escrevo-lhe porque sei que suas mãos irão tocar esta folha de papel...". É isso: alegria mística de partilhar um mesmo espaço a despeito da distância do tempo.

Acho boba a justificativa do filósofo, mas tem uma pitada de razão. Há pessoas que viajam o mundo inteiro, de avião, sem nunca desembarcar do medíocre e banal vilarejo que é a sua alma. Enxergam tudo e não veem nada. Voltam do mesmo tamanho, do mesmo jeito, sem que tenham ficado mais belas, sem que haja um novo brilho no seu olhar, semelhante a um arco-íris. Porque voltam vazias por dentro, tratam de trazer malas cheias.

Pra viajar bem, não bastam passaporte, dinheiro e passagem. Porque, como disse Bernardo Soares, "nunca desembarcamos de nós". Pensam que estão vendo o mundo? Enganam-se. "O que vemos não é o que vemos, mas o que somos." Cada foto, cada relato de viagem é uma revelação dos nossos cenários interiores. E ele continua: "'Qualquer estrada', disse Carlyle, 'até esta estrada de Entepfuhl, te leva até o fim do mundo'. Mas a estrada de Entepfuhl, se for seguida toda, e até o fim, volta a Entepfuhl; de modo que o Entepfuhl, onde já estávamos, é aquele mesmo fim do mundo que íamos a buscar". "Quem cruzou os mares cruzou somente a monotonia de si mesmo." Monotonia não se cura viajando. Cura-se em casa. "Que me pode dar a China que a minha alma me não tenha já dado? E, se a minha alma mo não pode dar, como mo dará a China, se é com minha alma que verei a China, se a vir?" "Somos transeuntes eternos por nós mesmos, não há paisagem se não o que somos."

Curto viagem demais. Desta vez, resolvi viajar, ficando. Tantos livros que eu não havia visto. *O mais belo livro da cozinha italiana*: se eu algum dia voltar à Itália, os pratos nunca mais terão o mesmo gosto, depois de haver eu degustado esse livro maravilhoso. E os livros de arte, pinturas de Chagall, Kandisky, Klimt, Monet, Miró, Bosch. Os CDs que eu havia comprado e ainda não tivera tempo de ouvir. E a delícia de escrever – coisa que não posso fazer quando viajo. Quem não sabe pensa que a inspiração vem quando se viaja por lugares maravilhosos. Puro engano. Quando o que se vê é maravilhoso, o pensador para de pensar: fica feliz em só fazer amor com o que vê. Diante de uma tela de Monet, eu não penso nada. Eu só vejo. Só pensam os críticos, que (coitados!) são obrigados a ter opinião sobre tudo. Mas eu não sou. Não preciso ter opiniões. Quando viajo, não quero ter pensamentos; quero ter sensações. Quero dar férias para o pensador.

O meu pensamento estava com vontade de escrever. Já havia pensado muito. Estava na hora de parir. Assim fiquei eu, no meu micro, parindo. Até a dor pode dar prazer. Isso é a coisa boa de se ter aprendido a brincar com o pensamento: a gente viaja muito, sem sair do lugar. Foi isso. Fiquei e viajei...

É CONVERSANDO QUE A
GENTE SE DESENTENDE

É de madrugada, naquele intervalo confuso entre o sono e o estar acordado, que os deuses me fazem suas revelações. Acontece, então, que as coisas mais banais aparecem à minha frente pelo avesso, o que muito me surpreende porque, pelo avesso, as coisas são o oposto do que parecem ser pelo direito.

Hoje, por exemplo, os deuses revelaram-me que a separação vem da compreensão. Para se ficar junto é melhor não entender. Isso é o oposto do que pensam os casais que vivem brigando. Acham que suas brigas devem-se ao fato de não se entenderem e pedem então socorro aos terapeutas, quem sabe a terapia fará com que se entendam melhor, o que é fato, mas a conclusão não segue a premissa. Não é certo que, depois de se entenderem melhor, vão ficar juntos.

Frequentemente é no exato momento da compreensão que a separação torna-se inevitável. Nada garante que o compreendido seja gostado. Prova disto é o que aconteceu com o meu sogro, que odiava miolo. Convidado para jantar, deliciou-se, repetiu e fartou-se com uma maravilhosa couve-flor empanada. Ao final do banquete, cumprimentou a anfitriã pelo prato divino. Mas ela logo explicou: "Não é couve-flor, é miolo empanado...". E ele entendeu, entendimento que o catapultou na direção do banheiro mais próximo, onde o jantar foi vomitado. É assim. Às vezes, quando a gente não entende, come e gosta. Quando entende, desgosta e vomita.

Afirmação assim avessa, tão contrária ao senso comum, exige uma explicação – e é o que passo a fazer, por meio de uma longa curva que, na geometria não euclidiana da alma, é o caminho mais curto entre dois pontos.

Abri, no meu micro, um arquivo com o nome de "Encíclicas". Coloco ali o texto das encíclicas que vou promulgar quando for eleito papa. Como se sabe, o papa Leão XIII, em 1891, promulgou a encíclica *De Rerum Novarum,* que quer dizer "Sobre as coisas novas". De repente, a Igreja, que até então acreditava que tudo o que merece ser conhecido estava guardado no seu baú milenar de doutrinas, percebeu, com um susto, que coisas novas, interessantíssimas, aconteciam no mundo.

E o bom papa apressou-se a passar essa informação adiante. Esse foi o início de um enorme esforço de modernização da Igreja que não deu certo, pois não se coloca remendo de pano novo em pano velho. O pano velho começou a rasgar... Desejoso de reparar o mal que a encíclica *De Rerum Novarum* causou, escrevi a sua antítese, a encíclica *De Rerum Vetustarum,* ou seja, "Sobre as coisas velhas".

E a sua substância é extraordinariamente simples. Reza a encíclica que, do momento de sua publicação para frente, tudo, absolutamente tudo o que ocorrer na igreja, as fórmulas litúrgicas, as bênçãos sacerdotais, batizados, crismas, casamentos, funerais, hinos, leituras dos Textos Sagrados, sermões, encíclicas, e mesmo as falas do padre ao confessionário, tudo deverá ser feito em latim. Ah! Como é belo o latim! Soa como uma "liturgia de cristal", música pura.

A música é a poesia no seu ponto máximo, quando as palavras perdem completamente qualquer sentido e transformam-se em beleza pura, beleza que não busca significações. Beleza inefável, sem palavras: sobre ela não pode haver querelas. Assim, se tudo na igreja acontecesse em latim, seria como se tudo só fosse música – não haveria possibilidade de desentendimentos.

Se os padres e os bispos falassem em latim, a gente não entenderia nada e amaria tudo. Pois a música é assim: a gente ama sem entender.

Sabia disso muito bem o oráculo de Delfos, sábio e esperto, que jamais falava qualquer coisa que os outros entendessem. A linguagem clara e distinta mata a fantasia. Falava ele os seus enigmas, música pura, língua estranha. Não é por acaso que os pentecostais e os carismáticos crescem como crescem: pelo poder da língua estranha que ninguém entende. Dentro do que ninguém entende cabe tudo: miolo vira couve-flor e o corpo e a cabeça aprovam.

Eu gostaria mesmo era de frequentar um mosteiro onde fosse proibido falar prosa – onde só se lesse poesia e se contassem causos e estórias – e se ouvisse música, canto gregoriano, Bach, o saxofone de Jan Garbareck, o piano de Keith Jarret, a *Carmina Burana*, Jean Pierre Rampal tocando melodias japonesas, o Maurice Andrés e o seu pistão... Ou uma congregação Quaker, onde se cultiva o silêncio, ninguém fala, todo mundo ouve, a voz de Deus só se ouve quando todo mundo fica quieto.

A compreensão sempre dá briga. Imagino, mesmo, que foi por isso que Deus confundiu as línguas da humanidade na construção da Torre de Babel. As pessoas falavam a mesma língua. Falando, entendiam-se. Entendendo-se, compreendiam as opiniões uns dos outros. Compreendendo as opiniões uns dos outros, não gostavam delas. E daí passavam às vias de fato. Deus todo-poderoso compreendeu, então, que a única forma de evitar pancadaria era fazer com que eles não se entendessem. E foi então que nasceu a música, a língua que ninguém entende e todo mundo ama.

É conversando que a gente se desentende. Em um momento futuro, continuarei a minha curva, passando da igreja, lugar onde se louvam os casamentos eternos, para chegar à casa, lugar onde se sabe que os casamentos são efêmeros. Por enquanto, fica o conselho aos casais que estão brigando. Cuidado com a conversa. Da conversa pode nascer a compreensão, da compreensão pode surgir a separação. A compreensão pode ser tão fatal para o casamento quanto ela foi para o jantar do meu sogro. É conversando que a gente se desentende.

Previnam-se contra a terapia de casal. Ela pode produzir compreensões insuportáveis. A compreensão pode produzir a loucura. Há loucuras que resultam da lucidez... Adotem a sabedoria milenar da Igreja: adotem o latim como língua da casa. E dediquem-se à música, dando preferência aos instrumentos de sopro, pois enquanto se sopra não se fala, e assim, a compreensão e a separação são evitadas.

CANTIGA TRISTE

Eu compreendo a preocupação dos meus amigos. Houve mesmo uma amiga querida que, de tão preocupada, trouxe-me uma maravilhosa garrafa de Jack Daniels, elixir dos deuses dionisíacos, na certeza de que os poderes daquele líquido me trariam de volta uma alegria que parecia perdida. Pois é, era isso que eles estavam pensando, os meus amigos: que a alegria me havia abandonado.

Nem adiantou que eu tivesse escrito as duas crônicas sobre a sexualidade masculina, que foram brincadeiras puras com uma verdade dolorosa. Se tivessem prestado atenção, teriam ficado um pouco mais sábios e compreendido que a alma vai bem não é quando tudo está bem: à saudação costumeira – "Então, tudo bem, tudo tranquilo?" – eu respondo sempre: "Nem para Deus, todo-poderoso, as coisas estão bem tranquilas". A alma vai bem é quando ela é capaz de dançar nas costas do Diabo.

Por oposição à amiga que me deu o Jack Daniels, soube por vias indiretas de uma pessoa que se decidiu a não mais me ler, alegando que eu era deprê. Fiquei muito ofendido, pois isso significa que eu sou uma garrafa de Sleinad Kcaj – bebida que você nunca viu em prateleira de importados, a não ser que você tenha visto o Jack Daniels refletido num espelho, pois é isto mesmo que este nome, que mais parece palavra croata, quer dizer. Jack Daniels de trás pra diante. Ou seja: se o primeiro é garrafa de alegria e leveza, o Sleinad Kcaj, eu mesmo, minhas crônicas são garrafas de tristeza.

Contra-ataco com o verso da Adélia Prado, que tem a alma parecida com a minha: "Cantiga triste, pode com ela é quem não perdeu a alegria". E querem mais? "Por prazer da tristeza eu vivo alegre." E querem mais? "Amor é a coisa mais alegre; amor é a coisa mais triste; amor é a coisa que mais quero."

Terror mesmo eu tenho é dos alegrinhos, animação das festas, onde todo mundo é obrigado a estar alegre. Ai, que canseira, que vexação para o espírito! Alegrinho gosta mesmo é de chopinho com queijinho, coisa muito boa, eu mesmo gosto, mas não como comida-espanta-beleza. Alegrinho nem gera nem pare beleza. Não aguenta o pôr do sol. Fica logo com olhos e alma perturbados. Aí desanda a fazer barulho, a produzir agito, diz que é alegria, *happy hour*, quando na verdade é só medo do silêncio.

Mas que droga de alma é esta que é tão gelatinosa que não suporta a visão do belo? Tem terapia para tratar os deprimidos. Pois eu vou inventar uma terapia para tratar os alegrinhos. E vai ser tempo lacaniano. A sessão só vai terminar quando eles chorarem. Vão escutar Beethoven e Mahler para deixar de ser gelatinosos e aprender a força que existe na tristeza. E terão de passar por Van Gogh e Monet para aprender as lições do tempo (quem tem medo da tristeza, no fundo, tem é medo do tempo). E pela Cecília Meireles e pelo Robert Frost, para se sentirem bem no outono e no entardecer.

Quem não consegue fazer amizade com a tristeza é candidato ao consultório dos psiquiatras e às dietas de antidepressivos e tranqüilizantes. Quem faz as pazes com a tristeza apende também a beleza, porque as duas sempre andam juntas. Certos estavam os judeus que, nos rituais da Páscoa, misturavam ervas amargas com a comida. Pois a vida é assim.

O Vinicius dizia que tinha vontade de chorar diante da beleza. A Adélia diz também que o que é belo enche os olhos d'água. Os Beatles têm aquela balada que diz: "*Because the sky is blue it makes me cry*" ("Porque o céu é azul eu choro..."). Eu choro lendo poesia; choro ouvindo música, choro vendo pintura. E minha alma vai muito bem e nem quero ser diferente. Já imaginaram este absurdo de eu parar de olhar para o céu azul, para o sol poente, para as obras de arte, para evitar o choro? Repito a Adélia: "Por prazer da tristeza eu vivo alegre". A beleza é o prazer da tristeza.

Você não entende por que a gente chora diante da beleza? A resposta é simples. Ao contemplar a beleza, a alma faz uma súplica de eternidade. Tudo o que a gente ama a gente deseja que permaneça para sempre. Mas tudo o que a gente ama existe sob a marca do tempo. *Tempus fugit.* Tudo é efêmero. Efêmero é o pôr do sol, efêmera é a canção, efêmero é o abraço, efêmera é a casa construída para o resto da vida.

A gente chora diante da beleza porque a beleza é uma metáfora da própria vida. Por isso imaginamos os deuses... Pois, o que são os deuses se não os poderes que farão retornar as coisas amadas perdidas? Quando o coração diz: "Que a beleza seja eterna!" – nesse exato momento nasce um deus. Então, não se aflija. Minha alma vai bem. Ela pode com cantiga triste. Vou cantando uma canção antiga, esquecida, de Denoy de Oliveira e Ferreira Gullar. "Como dois e dois são quatro sei que a vida vale a pena."

Minhas crônicas "depressivas" obedecem à estrutura da sonata de Beethoven chamada *Les Adieux*. A primeira parte é um adágio triste que se inicia com três acordes que dizem lentamente: "*Lebewohl*" (*Adeus*). A segunda, andante expressivo, é a *Ausência*. Mas a última, vivacissimamente, exultante de alegria, é *Das Wiedersehen*, o *Retorno*. Calma, calma... Estou, por enquanto, no *Adeus* e na *Ausência*. Logo vai chegar o *Retorno*.

VI
AMOR

AOS NAMORADOS, COM CARINHO...

Escreveu-me uma leitora aflita pedindo que eu a socorresse, posto que eu fora a causa involuntária do seu sofrimento. A leitura de um livro escrito por mim, *A menina e o pássaro encantado*, causara-lhe grande perturbação em virtude de coisas que ali digo através do bico do pássaro. Pois está lá dito que a saudade faz bem ao amor, pois que é justamente na dor da separação que o coração faz a operação mágica de reencantar os amantes que o cotidiano só faz banalizar. Essa era a razão que sempre levava o pássaro, depois de um tempo de abraços e amassos, a dizer que era hora de partir, pois sem a saudade tanto ele quanto a menina perderiam o seu encanto e o amor acabaria.

Imagino que minha leitora deve ter opinião semelhante à da menina que de forma alguma concordava com as razões do pássaro, o que a levou ao tresloucado gesto de comprar uma gaiola de prata onde encerrou o pássaro adormecido, pensando que, assim, viveriam em lua de mel sem fim. O final, quem leu o livro sabe, quem não leu que compre. Pois a leitora pergunta-me se é preciso que haja saudade para que o amor cresça.

Saudade é um buraco dolorido na alma. A presença de uma ausência. A gente sabe que alguma coisa está faltando. Um pedaço nos foi arrancado. Tudo fica ruim. A saudade fica uma aura que nos rodeia. Por onde quer que a gente vá, ela vai também. Tudo nos faz lembrar a pessoa querida. Tudo que é bonito fica triste, pois o bonito sem a pessoa amada é sempre triste. Aí, então, a gente aprende o que significa amar: esse desejo pelo reencontro que trará a alegria de volta.

A saudade se parece muito com a fome. A fome também é um vazio. O corpo sabe que alguma coisa está faltando. A fome é a saudade do corpo. A saudade é a fome da alma.

Imagine, agora, que você é doida por camarão. Só de falar em camarão a boca se enche d'água. Aí, movida pela fome de camarão, você resolve comer camarão por um mês. Compra logo 50 quilos, dos grandes, e come camarão no almoço e no jantar. No começo é aquela festa. "Camarão à baiana", "Camarão à grega", "Camarão empanado", "Camarão à milanesa", "Bobó de camarão", "Risoto de camarão", "Camarão na moranga". Pois eu lhe garanto que sua fome por camarão não vai durar uma semana. Ao final da primeira semana só o cheiro do camarão vai provocar convulsões no seu estômago, e o que você vai querer, mesmo, é arroz, feijão, chuchu refogado, tomate e bife com batatas fritas.

Diz um ditado que a melhor comida é angu com fome. Um amigo meu, faz muito anos, ficou perdido por três dias na Serra do Mar – o aviãozinho em que viajava caiu na montanha. Por três dias ele nada comeu. Chegaram, então, ele e o seu companheiro, a uma casa paupérrima perdida no mato – a única coisa que a mulher tinha era fubá, que ela transformou em angu. Pois quando o angu ficou pronto o Miguelzinho – esse era o seu nome – nem esperou pela colher: enfiou a mão no meio daquele maravilhoso manjar digno dos deuses e assim se saciou... Por isso a Adélia, sábia poetisa, reza a Deus todo-poderoso: "Não quero faca nem queijo; quero é fome". Saudade é fome. Enquanto existir a fome o angu será gostoso. Enquanto existir a saudade o amor será gostoso.

Advirto-a, então: Se você tem ideias semelhantes às da menina da estória e planeja engaiolar o pássaro a fim de não ter saudade, na ilusão de que o amor pode viver de beijos e amassos, trate de livrar-se delas. Beijos e amassos são como o camarão: deliciosos, excitantes. Mas, se servidos todo dia, enjoativos...

Você invoca a raposa de *O pequeno príncipe* contra mim, pois que ela diz que a saudade só tem sentido se se sabe quando a pessoa amada volta. Aí, sabendo-se a hora da volta, começa-se o ritual de espera... Isso é muito verdadeiro e é muito bom. Mas vou invocar o Chico contra a raposa: "Saudade é o revés de um parto. Saudade é arrumar o quarto do filho que já morreu". O filho nunca voltará. Resta a saudade como manifestação do amor. O quarto que se arruma é um rito de amor, sabendo-se que a pessoa amada nunca voltará.

Querida amiga: infelizmente o amor é feito com muitos "nunca mais" – a expressão mais triste que existe.

Aí você pula de pássaro para sapo, perguntando-me se, no caso de o sapo não se transformar em príncipe no primeiro beijo, se se deve insistir com a beijação. Aqui cabem algumas observações.

Primeira: Todo príncipe que é submetido a uma dieta de camarões sem trégua vira sapo.

Segunda: Há sapos resistentes a beijo. Prova disso é a estória da princezinha que deixou cair no açude uma bola de ouro que seu pai lhe dera de presente (o rei era doidão, sem juízo). Ouvindo o choro da menina, saiu da água um enorme sapo de olhos esbugalhados que disse que lhe daria a bola de ouro se ela concordasse em dormir com ele. Até hoje sapos dizem a mesma coisa a meninas tolas, só que hoje não se fala em "dormir com" mas em "ficar junto". A menina concordou, mas logo que se viu de posse da bola saiu em desabalada carreira, deixando para trás o sapo e os seus pulos. Mas o sapo não se deu por vencido. Foi ao palácio, chamou o rei, relatou o acontecido, e o rei, doidão e sem juízo como já afirmamos, obrigou a menina a dormir com o sapo. Se fosse hoje, evidentemente, ela fugiria para a Pachá.* Quando o sapo se aproximou dela, ela teve tanto nojo que o pegou por uma perna e o jogou contra a parede. Foi zás-trás. Ao cair no chão o sapo virou um garboso príncipe. Assim é: há sapos que só se transformam em príncipes quando são jogados contra a parede. Tente essa técnica.

Terceira: Se, após a magia dos beijos e a magia de se jogar o sapo na parede, o sapo continuar sapo, é porque ele é sapo mesmo. Não há magia que resolva.

---

* Antiga casa noturna da cidade de Campinas.

Nesse caso, a única solução é você virar sapa. Porque, se você for sapa, você achará o seu sapo um príncipe maravilhoso. Terão, então, muitos sapinhos.

Você me pergunta sobre o que fazer quando o coração acredita firmemente que o sapo é príncipe e o sapo diz que ele é sapo mesmo, geneticamente, não sendo coisa de opção... O que fazer? Acho que é preciso desconfiar do coração. O coração é ótimo para amar. Mas, por isso mesmo, suas opiniões não são confiáveis. Muita gente acreditou firmemente que o Sol girava em torno da Terra e que o nazismo era maravilhoso. Pode ser que o sapo esteja dizendo a verdade.

A vantagem do sapo é que ele nunca baterá as asas, como o pássaro. Muita gente prefere sapos a pássaros. Os sapos são mais confiáveis. A gente sempre sabe onde estão: no charco. Já os pássaros – onde estarão? Como é dolorido vê-los se aprontando para a partida!

A vantagem dos pássaros sobre os sapos é que eles são belos: seres indomáveis, selvagens.

Uma pergunta: Por que é que você não deixa de ser a menina e transforma-se no pássaro? Bata as asas. Deixe o sapo esperando. Feito a Shirley Valentine. Quem sabe a magia acontecerá? Ainda não se testou o poder da saudade no coração dos sapos. Pode ser que funcione.

A TERNURA

... e repentinamente eu acordei, fora de hora, sem razão alguma. Olhei para o despertador: quatro horas da madrugada. O corpo dizia que eu deveria dormir um pouco mais, para não ficar sonolento durante o dia. Mas ideias na minha cabeça exigiam que eu brincasse com elas. Tentei fazer meditação oriental, esvaziar a cabeça de pensamentos. Segundo o taoismo despertamos porque há pensamentos em nossa mente que exigem ser pensados. Se esvaziarmos a cabeça de tais pensamentos voltaremos a dormir.

Para parar de pensar basta seguir o que diz este verso: "O barulho da água diz exatamente o que estou pensando". Se o que penso é o barulho da água, então não é o meu pensamento; é o barulho da água. O barulho da água, sem pensamentos, faz dormir. Barulho de água não havia. Mas havia o tique-taque do relógio. Tentei pôr em prática a técnica taoista. Repeti: "o tique-taque do relógio diz exatamente o que estou pensando". Inutilmente. Havia uma imagem que queria brincar comigo – fora ela que me acordara. E ela era tão bonita que não resisti...

Uma tela de um pintor flamengo, especialista na sutileza do jogo de luz e sombra. Uma mulher, mergulhada no escuro do cômodo, segura uma vela com sua mão esquerda. Seu rosto brilha, iluminado pela luz quente da chama. Sua mão direita, que a luz da vela tornou quase transparente, protege a chama que treme e inclina-se, soprada por algum vento. Estaria ela abrindo a porta para alguém, àquela hora da noite? Isto explicaria tanto a inclinação da chama ao vento quanto o seu sorriso. Um sorriso, a seu modo, é também uma chama que treme ao sopro de algum vento.

Essa imagem me faz sentir ternura. Ternura é sentimento frágil, manso. Como a chama. Ela precisa da fragilidade para sobreviver. O próprio nome diz isso. Em inglês é *tenderness*, derivado de *tender*, "macio". O terno é tenro: jamais arranha.

Mas a chama, frágil, pode provocar incêndios. Tomás, o médico de *A insustentável leveza do ser*, era homem de muitas amantes, que ele sistematicamente devolvia às suas casas, ao final da noite, depois do prazer. Com Tereza fora diferente. Ela chegara inesperadamente. Não tinha onde dormir. Foi para o apartamento de Tomás. Ardia em febre. Ele não tinha como levá-la de volta à casa, como fazia com as outras. Ajoelhado à sua cabeceira, ocorrera-lhe a ideia de que ela viera para ele numa cesta sobre as águas. Quem chega numa cesta, sobre as águas, só pode ser um nenezinho... Por causa dessa imagem terna ele se apaixonou por ela. Ah! Que belo quadro Tomás poderia ter pintado se, em vez de médico, ele fosse um pintor.

A ternura distingue-se de todos os outros sentimentos amorosos que pedem o abraço, o beijo, a brincadeira... Qualquer um desses sentimentos manda que eu entre em cena, que eu faça alguma coisa com a pessoa amada. A ternura, ao contrário, pede que eu fique de fora. Minha entrada na cena iria estragá-la, perturbar a mansidão do quadro.

Tereza, adormecida, provocava ternura. Todos os seres adormecidos, até os mais selvagens, ficam ternos quando dormem. Transformam-se em crianças. Talvez, por isso, a mitologia cristã tenha escolhido como imagem suprema da divindade um nenezinho adormecido. Quem não gostaria de ter no colo um Deus assim?

Uma criança dormindo pede que sejamos apenas olhos. Qualquer passo, qualquer palavra, qualquer toque poderá acordá-la. Mas o sorriso dos olhos é silencioso, deixa a cena intocada. Sim, as mãos tocam o rosto... Mas como são diferentes as mãos ternas das mãos que desejam a posse.

A ternura não deseja nada. Ela só quer contemplar a cena. O beijo terno apenas encosta os lábios... As mãos ternas são extensões do olhar. Tocam para se certificar de que os olhos não mentem. Vinicius o disse de um jeito bonito: "Resta essa mão que tateia antes de ter, esse medo de ferir tocando, essa forte mão de homem cheia de mansidão...".

Os poetas, não sabendo manejar os pincéis, usam as palavras para pintar. Lembrei-me do poema de Cassiano Ricardo, "Você e o seu retrato", em tudo semelhante à tela do mestre flamengo.

> Por que tenho saudade de você, no retrato, ainda que o mais recente?
> E por que um simples retrato, mais que você, me comove, se você mesma está presente?
> Talvez porque o retrato, já sem o enfeite das palavras, tenha um ar de lembrança.
> Talvez porque o retrato (exato, embora malicioso) revele algo de criança (como, no fundo da água, um coral em repouso).
> Talvez pela ideia de ausência que o seu retrato faz surgir colocado entre nós dois (como um ramo de hortênsia).
> Talvez porque o seu retrato, embora eu me torne oblíquo, me olha sempre de frente (amorosamente).
> Talvez porque o seu retrato mais se parece com você do que você mesma (ingrato).
> Talvez porque, no retrato, você está imóvel (sem respiração...).
> Talvez porque todo retrato é uma retratação.

O olhar terno deseja ser pintor, fotógrafo. A pintura e a fotografia eternalizam a cena, cristalizam o efêmero. São exorcismos mágicos contra o tempo. O olhar terno deseja que aquele momento seja eterno. Daí o seu cuidado, a voz que fala baixo, a mão que tateia, o mover-se lento: para que o encanto da imagem não se quebre...

Foram estes os pensamentos que brincaram comigo, provocados pela mulher com a vela. Satisfeitos, deixaram-me em paz. Foram-se. Senti-me sonolento de novo. E, por um breve momento, entre a vigília e o sono, tive a impressão de que o vento soprara forte e apagara a vela. Ou, talvez, que a mulher, ela mesma, tivesse apagado a vela. Quem tem a luz do amor não precisa da luz da vela. Mergulhei, então, de novo, no escuro do esquecimento...

VIOLINOS NÃO ENVELHECEM

Eu a escrevi faz muito tempo – uma estória de amor. Quem a leu, eu sei, não se esqueceu. Por razão do dito pela Adélia: "o que a memória ama fica eterno". Estória de amor não inventada, acontecida, tão comovente quanto Romeu e Julieta, Abelardo e Heloísa. O que fiz foi só registrar o acontecido. Preciso contá-la de novo, para benefício daqueles que não a leram pela primeira vez, e a fim de acrescentar um final novo, inesperado, acontecido depois.

A testemunha que me relatou o sucedido foi sobrinho, médico-músico, pessoa querida e bonita. Atrasou-se para um compromisso na minha casa, chegou três horas depois, explicando que havia ido ao velório de um tio de 81 anos de idade que morrera de amor. Parece que seu velho corpo não suportara a intensidade da felicidade tardia, e os seus músculos não deram conta do jovem que, repentinamente, deles se apossara.

O amor surgira no tempo em que ele é mais puro: a adolescência. Mas naqueles tempos havia uma outra Aids, chamada tuberculose, que se comprazia em atacar as pessoas bonitas, os artistas, os apaixonados – esses eram os grupos de risco.

Pois ela, a tuberculose, invejosa da felicidade dos dois, alojou-se nos pulmões do moço, que teve de ir em busca de ar puro, no alto das montanhas, sanatório, tal como Thomas Mann descreve em seu livro *A montanha mágica*.

Quem ia para tais lugares despedia-se com um "adeus", um olhar de "nunca mais". Na melhor das hipóteses, muitos anos haveriam de passar antes do reencontro.

Imagino o sofrimento da jovem dividida: o corpo, naquela casa, a alma por longe terra! Na vida daquela menina, que surda, perdida guerra... (Cecília Meireles).

Valeram mais os prudentes conselhos da mãe e do pai: não trocar o certo pelo duvidoso. Vale mais um negociante vivo que um tuberculoso morto. E aconteceu com ela o que aconteceu com a Firmina Dazza, que de longe e às escondidas namorava o Fiorentino Ariza, na estória de Gabriel García Márquez *Amor nos tempos do cólera*, que foi obrigada pelo pai a se casar com o doutor Urbino: não se troca um médico por um escriturário. Casou e com ele ficou até que, depois de 51 anos, veio a libertação...

Ela casou. Ele casou. Nunca mais se viram. Quando ele tinha 76 anos, ficou viúvo. Quando ela tinha 76 anos (ele tinha 79), ela ficou viúva. E ficou sabendo que ele estava vivo. A curiosidade e a saudade foram fortes demais. Foi procurá-lo. Encontraram-se. E, de repente, eram namorados adolescentes de novo. Resolveram casar-se. Os filhos protestaram. Eles, os filhos, todos os filhos, não suportam a ideia de que os velhos também têm sexo. Especialmente os pais. Pais velhos devem ser fofos, devem saber contar estórias, devem tomar conta dos netos. Mas velho apaixonado é coisa ridícula. Não combina. Mais detalhes no livro da Simone de Beauvoir sobre a velhice. E houve também aquela estória do programa *Você decide*: o velho pai, infeliz a vida inteira com a esposa, encontra uma mulher por quem se apaixona. A pergunta: ele deve ou não deve deixar a esposa para viver o novo amor? Você decide... A decisão do público – os filhos, evidentemente: "Não, ele não deve viver o novo amor...". Os filhos sempre decidem contra o amor dos pais.

Mas, na nossa estória, os dois velhos deram uma solene banana para os filhos e foram viver juntos em Poços de Caldas. Viveram um ano de amor maravilhoso, e ele até começou a escrever poesia e voltou a tocar o violino que ficara por mais de 50 anos sobre um guarda-roupa, porque a esposa não gostava de música de violino. Confessou ao sobrinho: "Se Deus me der dois anos de vida com esta mulher, minha vida terá valido a pena...". Bem que Deus quis. Mas o corpo não deixou. Morreu de amor, como temia o Vinicius.

Achei a estória tão bonita que a transformei numa crônica a que dei um título inspirado nas Sagradas Escrituras: "... e os velhos se apaixonarão de novo".

Começa aqui o novo final para a estória.

Passaram-se semanas. Eram dez horas da noite. Eu estava trabalhando no meu escritório. O telefone tocou. Voz aveludada de mulher do outro lado.

– É o professor Rubem Alves?

– Sim, respondi secamente. Eu sou sempre seco ao telefone.

– Quero agradecer a belíssima crônica que o senhor escreveu com o título: "... e os velhos se apaixonarão de novo". O senhor já deve ter adivinhado quem está falando...

– Não, respondi. Por vezes eu sou meio burro. Aí ela se revelou:

– Sou a viúva.

Foi o início de uma deliciosa conversa de mais de 40 minutos, interurbano, em que ela contou detalhes que eu desconhecia. O medo que ela teve quando ele resolveu mandar consertar o violino! Ela temia que os dedos dele já estivessem duros demais...

Ah! Que metáfora fascinante para um psicanalista sensível. Sim, sim! Nem os violinos ficam velhos demais, nem os dedos ficam impotentes para produzir música! E aí foi contando, contando, revivendo, sorrindo, chorando – tanta alegria, tanta saudade, uma eternidade inteira num grão de areia... Ao terminar, ela fez esta observação maravilhosa:

– Pois é, professor. Na idade da gente, a gente não mexe muito com sexo. A gente vivia de ternura!

Aqui termina a lição do Evangelho.

OS MAPAS

Olhei de novo a tela do Vermeer. O nome diz quase nada: *Mulher de azul lendo uma carta*. De fato, para aqueles que só veem o que os olhos veem, é só isso que está lá. De pé, uma mulher grávida, de perfil, bata azul, lê uma carta. Seus lábios estão entreabertos e o rosto iluminado por um sutilíssimo, quase imperceptível sorriso. Ao fundo um enorme mapa da Europa e da Costa da África, que toma toda a parede.

As telas são como os sonhos. Nelas nada é acidental. Aquele mapa não está ali por acidente. O pintor ali o colocou por alguma razão. Na verdade, é a sua luz de sombra que ilumina a luz brilhante que ilumina a carta.

O que diz o mapa?

Não conheço nenhuma mulher que tenha permitido que um mapa de tal porte tomasse uma parede inteira de sua casa. Quadros, pratos e pôsteres decoram muito mais. Mas aquele mapa não era só um mapa. Isso não está dito na tela. Há muitas coisas que os pintores não conseguem dizer. Coisas que eles só podem sugerir, na esperança de que o observador sensível veja o que não pode ser pintado. O essencial é invisível aos olhos. O que se vê nada é comparado ao que se imagina.

Imaginei que aquele mapa havia sido um presente de amor. Mais precisamente: de um amor que se preparava para a partida. Pois não é isso que o quadro está dizendo – que o homem que ela ama é um marinheiro que está longe, muito longe de casa, num lugar indefinido daquele mar imenso? Sim, ele deveria partir no dia seguinte. Mas não queria partir. Precisava deixar com aquela mulher que ele amava um pedaço dele mesmo. E, de fato, assim fizera: ela estava grávida. Isso o pintor pode mostrar. No abraço de amor ele dissera: "Fico dentro de você!".

Mas isso não lhe bastava. Ele queria mais. Da distância, ele saberia sempre onde ela estava. Mas, e ela? Como saberia? Foi então que pensou no mapa. Comprou-o e trouxe-o. Ah! Estranho presente aquele! Abriu o mapa e os seus dedos foram desenhando rotas, indicando portos, marcando tempos. Aqueles seriam os caminhos de sua ausência. Assim, quando ela sentisse saudades dele, seus dedos de mulher grávida poderiam acariciar aquele mapa, como se ele fosse o corpo dele. São muitos os possíveis rituais eucarísticos: "Isto é o meu corpo".

Feliz a nossa linguagem em que a palavra carta tem duplo sentido. Enquanto não chegasse a carta ela poderia se consolar com a carta. Quando a separação acontece, os espaços entre os amantes tornam-se mapas. O pintor Wesley Duke Lee, faz alguns anos, fez um trabalho a que deu o nome de *Cartografia anímica*: a alma é um mapa. Gostei da ideia. E imaginei que os primeiros mapas não foram feitos pelo interesse numa descrição científica e abstrata dos espaços. Os primeiros mapas devem ter sido instrumentos de amor: sinais numa casca de árvore indicando o lugar de encontro. Até hoje é assim: só que usamos endereços e números de telefone no lugar dos sinais numa casca de árvore.

Os mapas, na sua condição mais profunda, são os desenhos que fazemos sobre o espaço vazio para tornar a separação menos dolorosa. Quando minha mãe morreu – ela era uma velhinha de 93 anos de idade –, meu irmão me contou que ele lidava com a sua ausência imaginando-a caminhando pelos espaços siderais.

Está dito também lá em *O pequeno príncipe*. Chegara a hora de ele voltar para o seu pequeno mundo. Afinal de contas, no seu asteroide, havia um carneiro e uma rosa, que o aguardavam. Mas o seu novo amigo sofria com a separação. Ele queria que o principezinho ficasse. Foi preciso que o Pequeno Príncipe lhe explicasse:

As pessoas têm estrelas, que não são as mesmas. Para alguns, as estrelas são guias. Para outros, elas não passam de pequenas luzes. Para os sábios elas são problemas a ser resolvidos. Mas todas essas estrelas são mudas. Tu, porém, terás estrelas como ninguém... Quando olhares para o céu, de noite, porque habitarei uma delas, porque numa delas estarei rindo, então será como se todas as estrelas te rissem. E tu terás estrelas que sabem rir! Teus amigos ficarão espantados vendo-te sorrir enquanto olhas para o céu. E tu explicarás: "Sim, as estrelas, elas sempre me fazem rir". E eles te julgarão maluco...

Assim são meus mapas. Olho para vastos espaços. Identifico rios, montanhas, mares, cidades. Não me dizem coisa alguma. Não me produzem nenhum riso. Mas há uns poucos lugares que brilham como estrelas. São lugares onde moram pessoas que eu amo. Ou lugares onde eu fui feliz, vi a beleza, experimentei o amor. Cada um tem um mapa que é só seu. Imagino que, terminada a leitura da carta, a mulher voltou-se para o mapa e se pôs a sorrir enquanto suas mãos iam deslizando pelos mares, continentes, cidades... Alguém que a visse nesse estado de êxtase concluiria que ela havia enlouquecido. É compreensível: somente os amantes sabem que os mapas facilmente se transformam em corpos. Basta, para isso, que a despedida aconteça...

ABELARDO E HELOÍSA

É um túmulo de mármore branco, no cemitério Père-Lachaise, em Paris. Sob a proteção de um dossel rendilhado, também de mármore, eles se encontram em sua forma definitiva, modelados pela memória, pela noite, pelo desejo.

Deitados um ao lado do outro, em vestes mortuárias, sem se tocarem, rostos voltados para os céus, mãos cruzadas sobre o peito, sem desejo: assim um escultor os esculpiu, obediente à forma como a tradição religiosa imobilizou os mortos. Mas se a escolha fosse deles, a escultura seria outra: *O beijo*, de Rodin, seus corpos nus abraçados. E as palavras gravadas seriam as de Drummond:

Amor é primo da morte,
e da morte vencedor,
por mais que o matem (e matam)
a cada instante de amor.

Assim é o túmulo de Abelardo e Heloísa: amaram de forma apaixonada e impossível, irremediavelmente separados um do outro pela vida, na esperança de que a morte os ajuntasse, eternamente.

O amor feliz não vira literatura ou arte. *Romeu e Julieta, Tristão e Isolda, As pontes de Madison, Love story* – o amor comovente é o amor ferido. Diz Octavio Paz que "coisas e palavras sangram pela mesma ferida". Mas o amor feliz não é ferida. Como poderiam, então, dele sangrar palavras? O amor feliz não é para ser cantado. É para ser gozado. O amor feliz não fala; ele faz. Se escrevo sobre Abelardo e Heloísa é porque sua história é uma ferida na minha própria carne. Heloísa tinha 17 anos. Abelardo, 38. Vinte e um anos os separavam. O amor ignora os abismos do tempo.

Abelardo (1079-1142) era apelidado de "pássaro errante". Intelectual fulgurante, figura central das discussões filosóficas em Paris, motivo de invejas, ódios e paixões. Assim Heloísa o descreve, numa carta para ele mesmo: "Que reis, que filósofos tiveram renome igual ao teu? Que país, que cidade, que aldeia não se mostrava impaciente em te ver? Aparecias em público? Todos se precipitavam para te ver. Partias? Todos te procuravam seguir com seus olhos ávidos. Que esposa, virgem, não se terá abrasado por ti em tua ausência e incendiado em tua presença? Possuías, sobretudo, duas qualidades capazes de conquistar todas as mulheres: o encanto das palavras e a beleza da voz. Não creio que outro filósofo as tenha possuído em tão alto grau".

Heloísa, jovem adolescente dotada de raras qualidades intelectuais, vivia em Paris, na casa de seu tio. Esse, desejoso de lhe dar a melhor educação, contratou Abelardo como seu tutor intelectual. Mas as lições de filosofia duraram pouco. Logo os dois estavam perdidamente apaixonados. E Abelardo, filósofo de rigor lógico incomparável, se transformou em poeta. Heloísa tomou conta do seu pensamento e do seu corpo e, a partir de então, segundo ele mesmo confessa, nele só se encontravam "versos de amor e nada dos segredos da filosofia".

O tio, ao descobrir o que acontecia em sua casa, sentiu-se enganado e se enfureceu. Interrompeu as "lições" e proibiu que eles se vissem de novo. Inutilmente. A distância não apaga, ela acende o amor. E o próprio Abelardo comenta: "A separação dos corpos levou ao máximo a união dos nossos corações e, porque não era satisfeita, nossa paixão se inflamou cada vez mais".

Mas Heloísa ficou grávida. Abelardo resolveu raptá-la e levá-la para um lugar distante. De noite, retira-a da casa do tio e a leva para a casa da irmã dele, em Palet, distante 400 quilômetros de Paris. É lá que nasce o filho do seu amor. Casam-se secretamente no dia 30 de julho daquele ano.

Mas, para o tio de Heloísa, o acontecido exigia vingança. Planeja, então, a pior de todas as vinganças possíveis. Contrata um bando de marginais que invadem a casa de Abelardo e o castram. Pensava ele que, assim, colocaria um fim àquele amor. Inutilmente. Continuaram a se amar pelo resto de suas vidas com o poder da memória e da saudade – até que a morte os unisse eternamente. Como no filme *As pontes de Madison*. Só que, no filme, o instrumento da castração não foi o ódio de alguém, mas o amor piedoso por alguém.

Abelardo morreu aos 63 anos, em 1142. Heloísa, ao saber disso, exige para si a posse de "seu homem". Na verdade, era isso que Abelardo havia-lhe pedido. "Quando eu morrer", ele lhe escreveu, "peço-te que procures transportar o meu corpo para o cemitério da tua abadia...". E Heloísa ordenou que, uma vez morta, seu corpo fosse enterrado no túmulo de seu marido. O que aconteceu 21 anos depois.

Conta-se que, ao ser levada para o túmulo, quando o caixão de Abelardo foi aberto, ele abriu os seus braços e a abraçou. Dizem outros, ao contrário, que foi Heloísa que abriu os seus, para abraçá-lo. É possível. Talvez o amor de Heloísa tenha sido mais puro e mais intenso. Abelardo conhecera o amor de muitas e o amor à filosofia. Heloísa, ao contrário, conheceu apenas o amor por Abelardo. Diz um de seus biógrafos: "Para Heloísa, não há senão dois acontecimentos em sua vida: o dia em que soube que era amada por Abelardo e o dia em que o perdeu. Tudo o mais desaparece a seus olhos numa noite profunda". Ainda hoje, decorridos quase 900 anos, os namorados visitam aquele túmulo. Talvez para suplicar a Deus que eles estejam abraçados eternamente, como em *O beijo*, de Rodin. Talvez para pedir que nos seja dada a felicidade de viver um amor como aquele, mas sem ter de viver a sua dor. O amor feliz, sem literatura, sem fama, sem que ninguém conheça. Basta-nos a felicidade aliterária do amor feinho, como a Adélia Prado o batizou carinhosamente. Estou certo de que era isso que Abelardo e Heloísa teriam desejado.

VII
ETERNIDADE

A FELICIDADE DOS PAIS

Viveu outrora um imperador, pai de muitos filhos, avô de muitos netos. Mais importantes que as coisas da administração do império e da guerra contra os inimigos lhe eram os seus filhos e netos, a quem amava de todo coração.

Infelizmente, entretanto, como acontece com todas as pessoas acometidas do mal do amor, ele sofria sem cessar o medo de que a Morte pudesse levar um deles.

Essa ideia lhe tirava toda a alegria de viver. De dia era atormentado pela ansiedade. De noite era afligido pela insônia. Sua cabeça não tinha descanso. Seus pensamentos não paravam de procurar meios de burlar a Morte.

Seu palácio estava cheio de médicos, laboratórios e remédios, que combatiam a Morte no *front* das enfermidades. Havia também guardas por todos os lados, encarregados de combater a Morte no *front* dos acidentes.

Mas ele sabia que tais cuidados não bastavam. A Morte é muito astuta. Ela ataca no momento em que não se espera, de uma forma não prevista. Por isso, o imperador mandou vir, dos lugares mais distantes do seu reino, todos os sacerdotes, profetas, videntes, mágicos, feiticeiros, sábios, gurus, com o pedido de que não só realizassem os rituais mágicos apropriados, como também escrevessem, nas páginas do enorme livro sagrado, feito especialmente para esse fim, com papiros recolhidos em noites de lua cheia nos lugares onde moravam os deuses, as fórmulas que garantiriam aos seus filhos e netos vida longa e a felicidade que ele tanto desejava. Somente assim ele poderia viver e morrer em paz.

Ouvindo a convocação do imperador, veio de uma longínqua província um velho sábio, que todos ignoravam. Ele morava num lugar distante, nas montanhas. O caminho a ser trilhado era longo e as suas pernas eram velhas e cansadas. Chegou atrasado, depois que todos, após realizar seus rituais e registrar seus desejos, haviam partido.

O imperador se alegrou ao ser informado da chegada do homem santo e ordenou que um de seus conselheiros lhe mostrasse o livro sagrado. O velho sábio leu cuidadosamente os desejos que ali haviam sido escritos.

Havia os desejos dos tolos, que desejavam aos filhos e netos do imperador a proteção da riqueza, das armas e dos exércitos.

Havia as palavras prudentes, que lhes aconselhavam moderação e hábitos saudáveis de vida como receita para prolongar os seus dias.

Havia as fórmulas dos sacerdotes, que invocavam a proteção dos deuses e das forças do bem.

Havia os bruxedos dos feiticeiros e mágicos, que exorcizavam as forças do mal.

Todas essas palavras traziam ao imperador grande alegria – e ele julgava que elas protegeriam melhor aqueles a quem amava.

Após ler tudo o que fora escrito, o velho sábio tomou de uma pena e gravou nas páginas do livro sagrado estas palavras:

"Os avós morrem. Os pais morrem. Os filhos morrem".

E assinou o seu nome.

O imperador, ao ler tais desejos, tomou-os como uma maldição. Enfurecido, exigiu que o sábio se explicasse, sob pena de ser mandado para a prisão pelo resto dos seus dias. Disse o sábio:

Majestade, não sei receitas para impedir a chegada da Morte. Ela virá, de qualquer forma. Sou apenas um velho poeta. Minhas palavras não têm o poder de exorcizá-la. O que eu posso desejar é que ela venha na ordem certa.

A ordem certa?

O que é que mais deseja um avô? Ele deseja morrer vendo seus filhos e netos cheios de vida e de alegria.

O que é que mais deseja um pai? Ele deseja morrer vendo seus filhos saudáveis e felizes.

Aqueles que amam morrem felizes se aqueles a quem amam continuam a viver. Não tenho palavras mágicas para impedir que a Morte venha. Mas lhe ofereço meus desejos de que ela venha na ordem certa. Desejo que Vossa Majestade morra antes que seus filhos e netos.

Por isso invoquei a Morte, na ordem da felicidade:

Os avós morrem. Os pais morrem. Os filhos morrem.

O imperador sorriu, tomou nas suas as mãos do velho sábio e as beijou.

O OVO

Eram centenas, talvez milhares, de todos os tamanhos e cores, alguns do tamanho de uma unha, outros tão grandes como uma cabeça, me perseguiam, queriam me devorar, estavam com muito ódio e faziam estranhos ruídos, já que gritar não podiam. O seu número aumentava cada vez mais, chegavam cada vez mais perto, ovos, milhares de ovos... Tudo começara quando eu disse em voz alta que eles não eram ovos de verdade. Ovo de verdade

> *Não cabe em si, túrgido de promessa,*
> *a natureza morta palpitante.*
> *Branco tão frágil guarda um sol ocluso,*
> *o que vai viver, espera.*

Eu lhes perguntei pelo sol ocluso, e pelas promessas, e pedi que me deixassem ouvir, no seu peito, a palpitação da natureza morta. Cheios de ódio, começaram a correr atrás de mim. Felizmente cheguei a um lugar onde poderia fugir deles, dos ovos; entrei, era acolhedor, familiar, tinha jeito de lar antigo, igreja, tão bom, os vitrais, os sinais, havia aquela certeza de ser como sempre tinha sido, a volta aos lugares da infância, conhecidos. Pensei então que ali eu poderia ouvir o que eu queria ouvir, as estórias sobre a árvore que nascera da sepultura. Árvores nascem das sepulturas? Pois é claro. Sabia disso quem escreveu a estória original da Cinderela, onde fada madrinha não há, o que há é uma árvore que a filha plantou no túmulo da mãe e regou com as suas lágrimas, árvore que cresceu e em cujos galhos moravam os pássaros, seus amigos. Sabia disso também o poeta T.S. Eliot que perguntava: "E o cadáver que você plantou no seu jardim, o ano passado? Já começou a brotar? Será que ele vai dar flores este ano? Ou será que a geada repentina perturbou o seu canteiro?". Confesso-lhe que o meu jardim está todo florido. Há muitos cadáveres enterrados nele. Eu os rego todos os dias. Há sempre brotos novos surgindo do chão. As suas flores têm sempre um cheiro tão bonito... Claro, claro, há aqueles que têm medo justamente do florescer dos cadáveres e, por isso, colocam pedras no lugar onde foram plantados, para que não mais voltem, alegando que a sua volta traz tristes recordações.

Mas por que um morto que volta à vida haveria de trazer tristes recordações? Isso me daria sempre a esperança de que eu, depois de morrer, viesse a renascer como uma árvore em cujos galhos os pássaros pousassem e que fosse regada pelas lágrimas das pessoas que me amam. Ah! Como eu gostaria de ser uma árvore. Sim, a vida é assim, cadáveres que, sem cessar, vão sendo plantados no corpo. O amor não permite que qualquer cadáver permaneça insepulto. O amor exige: cada cadáver é semente, tem de ser plantado; é ovo, tem de ser chocado.

Por isso os ovos me perseguiam, porque eu dissera que deles nada brotaria. Nenhuma gravidez, só gordura. E percebi que eles estavam empilhados justamente sobre o lugar onde um cadáver havia sido plantado. Haviam sido colocados ali para que houvesse silêncio, para que ninguém se lembrasse do morto, pois os homens já não mais acreditam que árvores brotem dos túmulos. Não sabiam contar estórias nem para eles mesmos e nem para os seus filhos. E hoje, justamente hoje, é o dia em que se celebra o aparecimento do broto, arrebentando a pedra. Em outros lugares é o início da primavera. O gelo ainda cobre os campos. As árvores, desfolhadas, dão um ar de desolação e morte. Mas repentinamente, no meio mesmo do gelo duro irrompe uma frágil planta que, com o seu calor, vai abrindo caminho, arrebentando o sepulcro que a cobre, para surgir triunfante, colorida, desavergonhada, sorridente, no meio da neve branca.

O lugar estava cheio e me alegrei quando um homem em vestes sacerdotais subiu ao púlpito. "Ele vai começar a contar a estória da árvore que nasce do túmulo", eu pensei.

– A ressurreição é a família unida, ele falou. E a sua voz ecoou pelo espaço vazio. Senti um arrepio. Sim, é claro, a família unida é coisa muito boa. Qualquer tolo sabe disso. Mas Deus não precisaria ter morrido, só para nos dizer isso. A árvore brota do cadáver mesmo quando a família não está unida. Ele continuou: "A ressurreição é a justiça social". Outro arrepio de frio pela coluna. Sim, claro, justiça social é coisa muito boa. Qualquer tolo sabe disto. Mas a árvore brota do cadáver mesmo quando não há justiça social.

Compreendi, de repente, que ele falava essas banalidades porque também ele se esquecera da estória. E não sabia falar sobre árvore que brota do cadáver. Afinal de contas, para que serve ela? Árvore inútil... Árvores inúteis: já falamos sobre elas... Delas não se extrai nenhuma moral, nenhuma advertência, nenhuma palavra de ordem – só servem para dar felicidade à alma. Árvore inútil não enche barriga. Melhor mesmo é transformar a estória no milagre da multiplicação dos pães, perdão, perdão, na estória da multiplicação dos ovos de chocolate...

Nesse momento o sacerdote começou a celebrar a eucaristia: distribuía hóstias de chocolate. À medida que os fiéis as comiam, seus rostos se transformavam em ovos de chocolate. Quando a hóstia me foi oferecida eu a recusei. Todos olharam para mim, horrorizados com o sacrilégio. E eu, em pânico, movido por medo, talvez por raiva dos ovos que me cercavam, ouvi minha boca gritar a pergunta que estava entalada na minha alma:

– E o cadáver que você plantou no seu jardim, o ano passado? Já começou a brotar? Será que ele vai dar flores este ano?

Todos ficaram paralisados com o meu grito. Houve um grande silêncio. Os ovos se racharam, e das rachaduras lágrimas começaram a escorrer. E, à medida que escorriam, os rostos recuperavam a sua forma humana. Saíram todos, então, cada um para plantar uma árvore no seu jardim...

OS CADÁVERES

Há tempos que o poder dos cadáveres me fascina. E eu não sou o primeiro. César Vallejo dizia do corpo de um morto que ele "estava cheio de mundos". Merleau-Ponty, pela mesma razão que Vallejo, os considerava "entidades sagradas". Eliot era ousado e perguntava:

E o cadáver que você plantou no seu jardim
o ano passado
– ele já começou a brotar?
Será que ele dará flores este ano?

Que coisa mais louca, plantar cadáveres. Para fazer isso é preciso acreditar, como a Adélia, que

nunca nada está morto.
O que não parece vivo, aduba.
O que parece estático, espera.

Parece que os homens sempre acreditaram assim – o que explicaria o costume de enterrar os mortos com mil cuidados e a regar a semeadura com lágrimas. Os animais não fazem isso. Cada sepultamento é um plantio. Assim acreditava Jesus, que dizia da necessidade de a semente morrer para que ela pudesse dar frutos.

O que se diz ao lado de um morto é o início da colheita. Os mortos fazem amor com os vivos. Ao lado do teu corpo morto, Luiz Otávio, quero contar de novo, do meu jeito, a estória do afogado mais belo do mundo, que o Gabriel García Marques ouviu, não sei de que anjo.

Era uma aldeia de pescadores perdida num fim de mundo, onde as coisas sempre aconteciam do mesmo jeito, a monotonia e o tédio havendo se apossado dos corpos dos homens e das mulheres, de sorte que dos seus olhos fugira toda a luz, e ninguém esperava receber das palavras de alguém fosse beleza, fosse sorriso, de antemão já se sabia o que diriam e o que fariam, a eterna repetição do mesmo enfado, cada um desejando secretamente a morte do outro, a liberdade é assassina, o mar é sempre igual, também as areias, as pedras, os barcos, os peixes, os vivos, os mortos...

Foi então que um menino que olhava para a eterna monotonia do mar viu algo diferente, estava longe, não sabia o que era, mas num lugar como aquele qualquer novidade é motivo de agitação, e ele gritou, e todos vieram correndo para ver, na esperança, talvez, de algo que lhes desse sobre o que falar, e lá ficaram, parados na praia, esperando que o mar trouxesse até eles a coisa, e ela foi vindo, sem pressa, até que, finalmente, o mar a depositou na areia, um morto desconhecido, tendo por roupa no seu corpo desnudo apenas as algas, os líquens e as coisas verdes do mar.

Morto maldito, um silêncio a mais. Pois dele nenhuma palavra se poderia falar. Desconhecido sem lugar, sem passado e sem nome...

Mas tinham de fazer o que deviam: os cadáveres têm de ser enterrados. E era costume naquela aldeia que os mortos fossem preparados pelas mulheres para o sepultamento, e assim o levaram para uma casa, e o colocaram eucaristicamente sobre uma mesa, tomai e comei, este é o meu corpo, e grande era o silêncio pois sobre o morto sem nome não havia o que falar, as mulheres de dentro, os homens de fora, até que uma delas com voz trêmula observou: "Tivesse ele morado em nossa aldeia e teria de ter abaixado a cabeça sempre que entrasse em nossas casas, pois é alto demais", no que todos assentiram com um imperceptível gesto de cabeça.

Mas logo uma outra falou, e perguntou como teria sido a voz daquele homem, se teria sido como a brisa ou como o rugir das ondas, e se teria tido em sua boca as palavras que, uma vez ditas, fazem com que uma mulher apanhe uma flor e a coloque no cabelo... E todas sorriram, e umas até passaram os dedos no cabelo, talvez para sentir uma flor invisível que lá estava.

E grande foi o silêncio até que aquela que limpava as mãos inertes do morto perguntou sobre o que elas teriam feito, se teriam construído casas, se teriam travado batalhas, se teriam navegado mares, e se teriam sabido acariciar o corpo de uma mulher, e se ouviu então um discreto bater de asas, pássaros de fogo entrando pelas janelas e penetrando nas carnes.

E os homens, espantados, tiveram ciúme do morto, que era capaz de fazer amor com suas mulheres de um jeito que eles mesmos não sabiam. E pensaram que eram pequenos demais, tímidos demais, feios demais, e choraram os gestos que não haviam feito, os poemas que não haviam escrito, as mulheres que não haviam amado.

Termina a estória dizendo que eles, finalmente, enterraram o morto.

Mas a aldeia nunca mais foi a mesma.

Pois é, Luiz Otávio: preste atenção! Ouça! Há muitos pássaros selvagens batendo asas à volta do seu corpo...

QUERO UMA FITA AMARELA...

Os velórios causam-me duplo sofrimento. O primeiro é o sofrimento de contemplar o rosto sem vida de uma pessoa – de qualquer pessoa. O segundo é o sofrimento de ver a violência dos vivos contra o morto indefeso: todos os velórios, sem exceção, são violências estéticas.

No seu ensaio sobre o suicídio, Albert Camus afirma que o suicida prepara o seu suicídio como uma obra de arte. Não tendo conseguido dar beleza à sua vida enquanto vivo, ele espera que pelo menos a sua morte seja bela, em todo o seu horror.

Como chegou a essa conclusão? Andando pelo único caminho que há até a alma dos suicidas: a nossa própria alma. Camus deve ter examinado longamente as suas fantasias nas muitas vezes em que planejou a sua própria morte. É inevitável que todos os que pensam e sentem façam isso, ainda que nunca venham a executar os seus planos. Por analogia concluo que todos os que vamos morrer também gostaríamos que a nossa última cena fosse bela como uma obra de arte. Aprendi que, na tradição samurai, o guerreiro, sentindo a aproximação da morte, deixava de lado a sua espada e escrevia o seu último haicai – verso mínimo, imagem essencial que ele desejava ver refletida nos olhos dos que ficavam. Cada repetição seria uma declaração de amor e uma confissão.

Seria preciso que os poetas e os artistas se encarregassem do morto, que fossem eles a construir a última cena. No entanto, inexplicavelmente, os vivos entregam o ente querido nas mãos de pessoas estranhas, especialistas na morte que, de tanto lidar com ela, acabam por banalizá-la e por se tornar insensíveis ao seu terror e à sua beleza.

As portas de alguns templos budistas no Oriente são guardadas por figuras de monstros horripilantes. Explicaram-me que são lá colocadas para fazer fugir os demônios. Nem mesmo os demônios suportam a feiura. Penso que a parafernália dos sepultamentos é fabricada sob a inspiração de crença semelhante: é preciso que tudo seja horrível para que os demônios fujam e deixem em paz aquele que morreu.

Nem mesmo as flores, belas por natureza, escapam. Cada coroa é um ataúde de flores imobilizadas e amarradas, das quais se retirou a alegria e a leveza, colocando-se em seu lugar horrendas fitas roxas e chavões estereotipados escritos em letras douradas.

Ah! Como seria diferente se os vivos enfeitassem o lugar da última cena com o mesmo amor com que enfeitam as igrejas para os casamentos! Me contestarão dizendo que os casamentos devem ser alegres e os enterros devem ser tristes. De acordo! Mas a tristeza pode ser bela! Os pores de sol: não são eles infinitamente belos e infinitamente tristes? Eu gostaria que o meu velório tivesse a beleza de um pôr de sol...

Sugiro que, em vez de coroas de flores mumificadas, enviem-se para os velórios bromélias, orquídeas-selvagens, azaleias floridas, bonsais, mudas de murtas perfumadas e damas-da-noite que, após o enterro do morto, deverão ser igualmente enterradas em algum lugar e transformadas em jardim. É possível que o morto, vendo esse gesto, sorria de felicidade...

Há também o horror dos objetos fúnebres, aqueles horrendos suportes de metal de insuperável mau gosto sobre o que fazem descansar os ataúdes. E há também o horror dos próprios ataúdes.

Quando vivi nos Estados Unidos morreu um conhecido relativamente jovem. Sobre o seu rústico ataúde de pinho nem sequer envernizado, sua esposa colocou um longo lençol, no qual haviam sido costuradas centenas de folhas amarelas e vermelhas do outono... Nunca me esqueci...

A revista *National Geographic* (setembro de 1994) publicou uma curiosíssima reportagem sobre a arte da fabricação de urnas funerárias em Gana, que são feitas por artistas, de acordo com os desejos da pessoa que vai morrer: peixes, barcos, águias, leopardos – qualquer forma é forma possível para a última morada.

Um bom arquiteto, ao planejar uma casa, presta cuidadosa atenção nos sonhos daqueles que vão nela morar. Acho que as urnas funerárias deveriam ser fabricadas com cuidado semelhante. Quanto a mim, preferiria que fossem de madeira nua, sem verniz, perfumada, preferivelmente pinho, de linhas simples: o essencial, como um haicai...

E há também o horror das palavras que se dizem, "o descanso eterno" que sempre me provoca arrepios de pavor, "Deus chamou", como se ele fosse um habitante das sepulturas e desconhecesse as alegrias deste mundo, "está melhor assim"... Seria preciso que fossem ouvidas as palavras dos poetas, que nada sabem de outros mundos, mas sabem muito da saudade:

> *saudade é o revés de um parto*
> *saudade é arrumar o quarto do filho que já morreu...*

Gostaria que os vivos sentissem como sentem os suicidas: que preparassem a última cena como uma obra de arte. Aquilo que Manuel Bandeira disse do seu último poema é aquilo que aqueles que vão morrer desejam para o seu último gesto:

> *Assim eu quereria meu último poema*
> *Que fosse eterno dizendo as coisas mais simples e menos intencionais*
> *Que fosse ardente como um soluço sem lágrimas*
> *Que tivesse a beleza das flores quase sem perfume*
> *A pureza da chama em que se consomem os diamantes mais límpidos*
> *A paixão dos suicidas que se matam sem explicação.*

E que não se esquecessem da verdade daquilo que Noel Rosa disse, com um sorriso:

Quando eu morrer
não quero choro nem vela
quero uma fita amarela
gravada com o nome dela...

PARA O TOM

Querido Tom: As tristezas são de dois tipos – as tristezas tristes e as tristezas alegres. Tristezas tristes são tristezas pelas coisas que poderiam ter sido e não foram. Tristezas alegres são tristezas pelas coisas que poderiam ter sido e foram. É o que estou sentindo com a sua morte: estou triste alegre. Triste porque você se foi e alegre porque você viveu. E digo para você aquilo que julgo ser a mais alta declaração de amor que se pode fazer: "Que bom que você existiu!".

"Ora, ora!" – dirá um machista espantado – "uma declaração de amor a um homem...". Pois não tenho vergonha alguma. A Sônia Braga disse que você era o homem que toda mulher gostaria de ter, porque você era masculino e feminino ao mesmo tempo. Acho que ela tem razão. E porque você era feminino – aquele sorriso terno, aquela voz cheia de mansidão – eu me sinto com permissão para amá-lo com ternura. Eu gostaria de poder abraçá-lo. Acho, Tom, que hoje, dia em que você retorna ao mistério do mar, o Brasil é uma imensa *Pietà*: somos a mãe com o filho morto no colo. E choramos...

Choramos um choro triste alegre – pois há uma coisa que nem a morte pode fazer: ela não tem o poder de apagar a música que você fez.

Na verdade, eu não sei direito se você a fez. A música é coisa misteriosa. Não acredito que nós, mortais, tenhamos poder de fazê-la. A música é eterna, existiu sempre, é anterior à criação do Universo. O autor sagrado que escreveu "No princípio era o verbo", acho que se equivocou. O que ele queria dizer era "No princípio era a música...". É a isso que dou o nome de Deus.

Quase escrevi um absurdo, mas me detive a tempo. Eu ia dizer "mistério e silêncio do mar". Mas me lembrei que o silêncio só existe para nós, que temos ouvidos comuns. Num dos seus poemas mais bonitos, Fernando Pessoa escreveu o seguinte:

> *... e a melodia que não havia*
> *se agora a lembro,*
> *faz-me chorar...*

A música é o mar misterioso de onde nascemos. Dizer que o músico compôs a música é o mesmo que dizer que o peixe inventou o mar. Não era a música que brotava de você. Era você que brotava da música. Você foi uma dádiva da música. O Universo, como você, também brotou da música. Filósofos e místicos antigos sustentavam a maravilhosa teoria de que o Universo foi criado por Deus como coro e orquestra que cantassem a melodia que não havia – para que houvesse! Concordo. Os músicos não são os que compõem a música. Eles são aqueles que têm o poder de ouvir a melodia que nossos ouvidos mortais não conseguem ouvir.

Você, Tom, tocava piano, e a beleza fazia-nos felizes no corpo e na alma. Mas você devia saber que você mesmo era piano que os deuses tocavam para sua própria felicidade. É que os deuses têm inveja do que sentimos quando o corpo se comove com a beleza e mexe com o ritmo. Os deuses inventaram o piano e pessoas como você como um ritual de feitiçaria, na esperança de que a música lhes desse corpos como os nossos. Talvez – hipótese a ser considerada pelos teólogos – a música só atinja sua beleza suprema ao ser ouvida com ouvidos mortais.

Sabe, Tom, estou aqui improvisando no meu teclado, tentando fazer música com palavras. Estou trabalhando num arquivo que está guardado faz tempo. Lembrei-me dele ao ouvir dizer que o seu problema era "edi...piano". Maravilhosa brincadeira, mistura de amor e música. O nome do arquivo é *O piano*: chama assim porque nele guardei ideias que tive depois de ver o filme do mesmo nome. Pensei em escrever uma crônica, mas logo desisti: nada do que eu dissesse poderia se comparar àquele maravilhoso filme em que o corpo de uma mulher e as teclas de um piano são a mesma coisa.

Ficava, diante dos meus olhos, aquela imagem insuperável: o mar furioso lambendo a areia lisa da praia que a luz transformava em espelho onde se refletia um piano. Ali estava, numa única imagem, um resumo dos mitos cosmogônicos: a luta entre a fúria do caos e a beleza do corpo – o mar em luta com o piano.

Que maravilhoso piano deve ter sido a garota de Ipanema... Corpo e mar devem saber amar...

Esta imagem me fez lembrar uma poesia velha, que aprendi no Grupo – e é provável que você tenha aprendido também –, acho que do Casimiro de Abreu:

> *Eu me lembro, eu me lembro, era pequeno e brincava na praia... O mar bramia. E erguendo o dorso altivo sacudia a branca espuma para o céu sereno. E eu disse à minha mãe naquele instante: Que dura orquestra! Que furor insano! Que pode haver maior que o oceano ou mais forte que o vento? Minha mãe, a sorrir, olhou para o céu e respondeu: "Um ser que não vemos é maior que o mar que nós tememos, é maior que o tufão, meu filho. É Deus!".*

Em tudo igual, minha versão só é diferente no fim, Jobim. E a você eu a dedico, pois se há uma pessoa com poder para dizer a última coisa que foi dita, essa pessoa é você.

> *Eu me lembro, eu me lembro, era pequeno e brincava na praia... O mar bramia. E erguendo o dorso altivo sacudia a branca espuma para o céu sereno. E eu disse à minha mãe naquele instante: Que dura orquestra! Que furor insano! Que pode haver maior que o oceano? Minha mãe a sorrir olhou pra mim e respondeu: "o piano...".*

Pois é, Tom: acho que é isso que você diria. Com o seu piano você amansou o mar. Sabendo que você já entrou no mar absoluto, não terei medo de ir atrás. Seguirei o som do piano...

O ACORDE FINAL

Eu havia colocado no toca-discos aquele disco com poemas do Vinicius e do Drummond, disco antigo, *long-play,* o perigo são os riscos que fazem a agulha saltar, felizmente até ali tudo tinha estado liso e bonito, sem pulos e sem chiados, o próprio Vinicius, na sua voz rouca de uísque e fumo, havia recitado os sonetos da separação, da despedida, do amor total, dos olhos da amada. Chegara, finalmente, o último poema, meu favorito, "O haver" – o Vinicius percebia que a noite estava chegando, tratava então de fazer um balanço de tudo o que se fez e, disso, o que foi que sobrou? Por isso as estrofes começam todas com uma mesma palavra, "Resta..." – foi isso que sobrou.

"Resta essa capacidade de ternura, essa intimidade perfeita com o silêncio..."

"Resta essa vontade de chorar diante da beleza, essa cólera cega em face da injustiça e do mal-entendido..."

"Resta essa faculdade incoercível de sonhar e essa pequenina luz indecifrável a que às vezes os poetas tomam por esperança..."

Começava, naquele momento, a última quadra, e de tantas vezes lê-la e outras tantas ouvi-la, eu já sabia de cor as suas palavras, e as ia repetindo dentro de mim, antecipando a última, que seria o fim, sabendo que tudo o que é belo precisa terminar.

O pôr do sol é belo porque suas cores são efêmeras, em poucos minutos não mais existirão.

A sonata é bela porque sua vida é curta, não dura mais que vinte minutos. Se a sonata fosse uma música sem fim é certo que seu lugar seria entre os instrumentos de tortura do Diabo, no inferno.

Até o beijo... Que amante suportaria um beijo que não terminasse nunca?

O poema também tinha de morrer para que fosse perfeito, para que fosse belo e para que eu tivesse saudades dele, depois do seu fim. Tudo o que fica perfeito pede para morrer. Depois da morte do poema viria o silêncio, o vazio. Nasceria então uma outra coisa em seu lugar: a saudade. A saudade só floresce na ausência.

É na saudade que nascem os deuses – eles existem para que o amado que se perdeu possa retornar – que a vida seja como o disco, que pode ser tocado quantas vezes se desejar. Os deuses – nenhum amor tenho por eles, em si mesmos. Eu os amo só por isso, pelo seu poder de trazer de volta para que o abraço se repita. Divinos não são os deuses. Divino é o reencontro.

A voz do Vinicius já anunciava o fim. Ele passou a falar mais baixo.

"Resta esse diálogo cotidiano com a morte, / esse fascínio pelo momento a vir, quando, emocionada, / ela virá me abrir a porta como uma velha amante..."

E eu, na minha cabeça, automaticamente me adiantei, recitando em silêncio o último verso: "... sem saber que é a minha mais nova namorada".

Foi então que, no último momento, o imprevisto aconteceu: a agulha pulou para trás, talvez tivesse achado o poema tão bonito que se recusava a ser uma cúmplice de seu fim, não aceitava a sua morte, e ali ficou a voz morta do Vinicius repetindo palavras sem sentido: "sem saber que é a minha mais nova...", "sem saber que é a minha mais nova...", "sem saber que é a minha mais nova...".

Levantei-me do meu lugar, fui até o toca-discos, e consumei o assassinato: empurrei suavemente o braço com o meu dedo, e ajudei a beleza a morrer, ajudei-a a ficar perfeita. Ela me agradeceu, disse o que precisava dizer, "... sem saber que é a minha mais nova namorada...". Depois disso foi o silêncio.

Fiquei pensando se aquilo não era uma parábola para a vida, a vida como uma obra de arte, sonata, poema, dança. Já no primeiro momento quando o compositor, ou o poeta ou o dançarino preparam a sua obra, o último momento já está em gestação. É bem possível que o último verso do poema tenha sido o primeiro a ser escrito pelo Vinicius. A vida é tecida como as teias de aranha: começam sempre do fim. Quando a vida começa do fim ela é sempre bela por ser colorida com as cores do crepúsculo.

Não, eu não acredito que a vida biológica deva ser preservada a qualquer preço.

"Para todas as coisas há o momento certo. Existe o tempo de nascer e o tempo de morrer" (Eclesiastes 3.1-2).

A vida não é uma coisa biológica. A vida é uma entidade estética. Morta a possibilidade de sentir alegria diante do belo, morreu também a vida, tal como Deus no-la deu – ainda que a parafernália dos médicos continue a emitir seus bipes e a produzir zigue-zagues no vídeo.

A vida é como aquela peça. É preciso terminar.

A morte é o último acorde que diz: está completo. Tudo o que se completa deseja morrer.

ODISSEIA

Lá estava ele, um casulo, pendurado no portal. Imóvel. Lembrei-me de um verso da Adélia: "Nunca nada está morto. O que parece estático, espera". No casulo alguma coisa esperava.

Devia ser uma daquelas lagartas nojentas que haviam estado comendo minhas plantas uns dias antes. Com um pedido de perdão eu havia esmagado algumas que rastejavam pelo chão. Era preciso defender as minhas plantas.

Imaginei que tudo começara quando uma voz silenciosa havia dito a uma delas: "É hora de parar de comer. Prepare-se para morrer. Comece a construir a sua mortalha". E então, sem nenhum protesto, ela abandonou as folhas verdes, rastejou até um lugar firme onde pudesse fixar o seu esquife, e começou a construir, com matéria tirada do seu próprio corpo, aquela caixa perfeita que agora a continha, pendente, no portal. Eu sabia que lá dentro se operavam mágicas transformações. O que parecia um túmulo era, na verdade, um útero.

Dias depois o casulo ainda estava lá. Vazio. Só casca. O que antes rastejava ganhara asas. A lagarta transformara-se em borboleta. Alegrei-me pensando que minhas plantas haviam contribuído para aquele evento espantoso.

Tão espantoso que o mito grego tomou a borboleta como símbolo da alma. A alma é uma borboleta. Ela não está submetida às leis que regem a vida comum das criaturas que moram no tempo, e que nascem, crescem, amadurecem, apodrecem e morrem. A alma, como a borboleta, é um ser de ressurreições.

"Somente onde há sepulturas há também ressurreições", diz Zaratustra.

Para que haja ressurreições é preciso que haja primeiro mortes. Se a lagarta não morrer, ela permanece lagarta. Mas se morrer, vira borboleta. "Morre e transforma-te", diz Goethe.

Há também, na vida, um momento quando uma voz nos diz que chegou a hora de morrer. Não, por favor, não me entendam mal. Não estou me referindo à morte física. Refiro-me à voz que nos diz que chegou o momento de uma grande metamorfose: é preciso abandonar aquilo que sempre fomos para nos tornarmos uma outra coisa. Hora de ficar jovem de novo.

Zaratustra havia passado dez anos sozinho no alto da montanha. Agora ele voltava – depois de uma grande transformação. Um velho que vivia na floresta reconheceu-o e falou-lhe: "Esse caminhante não me é estranho. Muitos anos atrás ele passou por este caminho. Mas ele mudou. Naquele tempo você levava suas cinzas para a montanha. E agora você leva o seu fogo para o vale? Você não teme ser punido como incendiário? Sim, Zaratustra mudou, Zaratustra se transformou numa criança".

Uma lagarta vira borboleta, um velho transforma-se em criança... O tempo completa o seu ciclo, volta aos começos. Assim é o tempo da alma, um carrossel, girando, voltando sempre ao início, o "eterno retorno". T.S. Eliot estava certo quando disse que "o fim de todas as nossas explorações será chegar ao lugar de onde partimos e o conhecer, então, pela primeira vez".

E era assim que sentia também Joseph Knecht, o Magister Ludi Josephus III, personagem central do maravilhoso livro de Hermann Hesse *O jogo das contas de vidro*. Ao chegar ao fim da sua carreira acadêmica, no fulgor do seu "brilho crepuscular", quando poderia se dedicar ao gozo das alegrias mais altas do espírito, descobre que o fim o conduzia para seus começos. Queria voltar a ensinar as crianças. E o seu prazer seria tanto maior quanto mais jovens e menos estragadas pela deseducação escolar elas fossem.

Barthes sentia o mesmo ao ficar velho. Dizia esquecer-se da idade do seu corpo a fim de se tornar contemporâneo dos jovens corpos dos seus alunos. "Periodicamente devo renascer", ele dizia, "fazer-me mais jovem do que sou, entrar numa *vita nuova*".

São os velhos aqueles que estão mais próximos das crianças. "Ó inverno, infância do ano! Ó infância, inverno da vida!", dizia Miguel de Unamuno. Ele compreendia a solidariedade que existe entre velhice e infância: "Os grandes silêncios da alma do menino! Os grandes silêncios da alma do ancião!".

Acostumamo-nos a ver o tempo representado como um velho, barbas brancas imensas. Heráclito, o filósofo do tempo, do rio e do fogo, discorda: "O tempo é criança brincando, jogando; é o reinado da criança". Mas talvez os dois estejam certos: o ancião e a criança brincam juntos.

De todos os filmes de ficção científica que vi, somente um tornou-me mais sábio: *2001 – Uma odisseia no espaço*. "Odisseia" é a longa viagem de volta à casa: Ulisses, navegando os mares. Mas agora, conquistados os mares, resta o espaço inexplorado. O lar muda de lugar. Os homens de ciência ouviram uma voz, vinda da imensidão, que lhes dizia que o lar estava num planeta distante, Júpiter. Preparam então a "odisseia" – lançam uma nave astral, rumo ao lar. Vencidos os perigos, aproxima-se o astronauta do seu destino. Mas aí! Ele não está preparado para aquilo que o aguarda, um pesadelo-turbilhão de formas vertiginosas, confusas, em cores psicodélicas: a viagem através dos espaços do cosmos transforma-se numa odisseia pelos espaços da alma. Ele chega. Sua viseira de cristal cobre a tela. Sou eu que vejo através dela. Eu sou o astronauta. O ar é nebuloso, esverdeado, como num sonho. Mas que lugar mais banal: a copa de uma casa comum, onde um homem, de costas, toma o seu café da manhã. O silêncio é absoluto. De repente o homem se volta para contemplar o visitante – e o seu rosto é o dele, astronauta! Viagem tão longa para se encontrar com ele mesmo. Um movimento brusco, e o homem derruba uma taça de cristal que cai e quebra. Lembrei-me do Texto Sagrado: "Antes que se quebre a taça de prata...". Com o estilhaçar da taça, a cena se transforma: agora o astronauta, imensamente velho, está no leito de morte. Ele contempla então os céus estrelados, pelos quais navegara a vida inteira. E vê então o que nunca vira. Entre sóis e planetas, um feto, flutuando, contemplando o mistério e a beleza do universo com seus olhos enormes...

Parafraseio Eliot: o fim de nossas longas explorações adultas será finalmente chegar ao lugar de onde partimos, a criança, para então nos conhecermos pela primeira vez...

O RIO

Colhamos flores,
Molhemos leves
As nossas mãos
Nos rios calmos,
Para aprendermos
Calma também...
Ricardo Reis, *Odes*, p. 15

Diz a Adélia Prado que Deus, vez por outra, a castiga. Tira-lhe a poesia. Ela olha para uma pedra, e só vê pedra mesmo.

A poesia nasce por obra de uma potência do olhar, que faz incidir sobre os objetos a sua luz mágica, transformando-os em vidro. Podem ou ficar transparentes, deixando que se veja através deles (como é o caso do Cristo da tela *Última ceia*, do Salvador Dalí), ou transformar-se em espelhos, passando então a mostrar imagens refletidas de coisas ausentes, como demonstrou Lewis Carroll, fazendo a Alice atravessar o vidro e entrar no mundo das imagens especulares. Escher, o desenhista holandês, fez uma linda gravura sobre isso. Assim são as entidades com que os poetas fazem seus poemas: objetos oníricos, porta-sonhos.

Bachelard olhou para a chama de uma vela que se apagava. Objeto onírico. Mas viu mais do que isso. Viu um sol que morria. Continuou a olhar e o sol morrente transformou-se em outra coisa: "Chama úmida, líquido ardente, a escorrer para o alto, para o céu, como um riacho vertical".

Ao meio-dia o céu é uma abóbada de ágata azul, imóvel e eterna. Ao crepúsculo a pedra se liquefaz, muda-se o azul em amarelo, verde, rosa, laranja, roxo, até desaparecer no abismo negro da cachoeira da noite.

Tudo o que é sólido se liquefaz ao crepúsculo. "Ninguém pode entrar no mesmo rio duas vezes", dizia Heráclito: o Ser do rio é o seu permanente deixar de ser. Posso bem imaginar que essa foi a tristeza de Narciso que o levou à morte: a beleza de seu rosto era líquida, não podia ser tida, escorregava e desaparecia sempre que as mãos tentavam agarrá-la. O crepúsculo e o rio informam-nos que nada temos. É impossível somar. Só podemos subtrair... Somos, não por acidente, mas metafisicamente, inescapavelmente, pranteadores. "O rio é viageiro de si mesmo, é a sua própria viagem", diz Heládio Brito num de seus poemas. O rio é um permanente fazer-se distante do que estava próximo, tudo é despedida. "Todo cais é uma saudade de pedra", disse Álvaro de Campos. O cais é o lugar onde o sólido mergulha no líquido. O que fica é o espaço vazio...

Divagando como psicanalista sobre a filosofia de Parmênides, e não como filósofo, pois aos filósofos a divagação é proibida, imagino que o seu pensamento nascia sob a luz do meio-dia, quando tudo parece parado, o tempo suspenso, o Ser aparecendo como coisa imóvel e eterna. Heráclito, entretanto, o filósofo do fogo e do rio, certamente amava deixar os seus pensamentos serem levados pelas águas do rio, especialmente quando nele se refletiam as cores do sol morrente. Ele poderia ter repetido, como poeta taoista, o curto verso que tudo resume: "O som da água diz o que eu penso". Que grandes amigos poderiam ter sido Heráclito e Monet. Monet passava o dia inteiro pintando seguidas telas do mesmo monte de feno. Perdão, foi um lapso... Se ele me ouvisse dizendo isto, "o mesmo" monte de feno, ele me corrigiria e me diria que a luz é o rio que corre, e que a cada modulação da luz o monte de feno transforma-se em outro. Da mesma forma como não se pode entrar duas vezes no mesmo rio, não se pode pintar duas vezes o mesmo objeto. Tudo é líquido e... incerto...

No seu livro *Tao: O curso do rio*, Alan Watts diz o seguinte: "Especialmente à medida que se vai ficando velho, torna-se cada vez mais evidente que as coisas não possuem substância, pois o tempo parece passar cada vez mais rápido, de forma que nos tornamos conscientes da liquidez dos sólidos; as pessoas e as coisas ficam parecidas com reflexos e rugas efêmeras na superfície da água".

Guimarães Rosa escreveu um dos contos mais misteriosos que jamais li: "A terceira margem do rio". Um conto misterioso é um que permanece nos pensamentos, como enigma não resolvível. É a estória de um pai que, num certo momento de sua vida, resolveu trocar terra sólida, casa, mulher e filhos pelas águas do rio. Mandou fazer uma canoa de madeira boa que durasse pelo menos 30 anos, e, indiferente às vociferações verrumosas da mulher, e sem dar explicação alguma, pegou a canoa, fez um adeus com os olhos e entrou no rio, para nunca mais voltar. Não, ele não foi embora para um outro lugar. Não desapareceu. Geralmente se usa a canoa e o rio para se ir a algum lugar. Ele usou canoa e rio para ir a lugar nenhum, só para ficar no rio, navegando. "A terceira margem do rio": estranho título este, porque os rios só têm duas margens. O que seria ela, a terceira margem? O tempo? Talvez fosse isso: a terceira margem do rio são as areias e espumas que o rio vai deixando, na cabeça da gente, sob a forma de palavras e poemas. *Tempus fugit*: "Não é eterna, posto que é chama" – é só o que o rio diz.

Guimarães Rosa fez uma estranha confissão. Disse que gostaria de ser um crocodilo,

> porque amo os grandes rios, pois são profundos como a alma dos homens. Na superfície são muito vivazes e claros, mas nas profundezas são tranquilos e escuros como os sofrimentos dos homens. Amo ainda mais uma coisa de nossos grandes rios: sua eternidade. Sim, rio é uma palavra mágica para conjugar eternidade...

Curioso isto, que no rio o efêmero e o eterno estejam juntos...

Vaseduva, o barqueiro, fora discípulo do rio por toda a vida. E aprendera tanto que até podia dar lições a Sidarta: "O rio me ensinou a escutar", disse Vaseduva a Sidarta... O rio sabe todas as coisas. Dele pode-se aprender todas as coisas. As vozes de todas as criaturas vivas podem ser ouvidas na sua voz. E assim eles se assentavam juntos, no tronco de árvores, ao cair da noite. Ouviam a água em silêncio, água que para eles não era só água, mas a voz da vida, a voz do Ser, da Transformação eterna...

Especificações técnicas

Fonte: Gatineau 10 p
Entrelinha: 13 p
Papel (miolo): Offset 75 g/m^2
Papel (capa): Supremo 250 g/m^2